Einaudi. Stile libero

Proverbi

Dello stesso autore nel catalogo Einaudi

54
Giap!
Guerra agli umani
New Thing
Asce di guerra (con V. Ravagli)
Manituana
Stella del mattino

e con il nome Luther Blissett
Q

Wu Ming
New Italian Epic

Letteratura, sguardo obliquo, ritorno al futuro

Einaudi

© 2009 by Wu Ming
Published by arrangement with
Agenzia Letteraria Roberto Santachiara

© 2009 Giulio Einaudi editore s.p.a., Torino

www.einaudi.it

Si consentono la riproduzione parziale o totale dell'opera
e la sua diffusione per via telematica, purché non a scopi commerciali
e a condizione che questa dicitura sia riprodotta.

I libri di Wu Ming sono stampati su carta ecosostenibile CyclusOffset,
prodotta dalla cartiera danese Dalum Papir A/S con fibre
riciclate e sbiancate senza uso di cloro. Nel caso si verifichino problemi
o ritardi nelle forniture, si utilizzano comunque carte approvate dal
Forest Stewardship Council, non ottenute dalla distruzione di foreste primarie.
Per maggiori informazioni: www.greenpeace.it/scrittori

Gli autori difendono la gratuità del prestito bibliotecario
e sono contrari a norme o direttive che, monetizzando
tale servizio, limitino l'accesso alla cultura.
Gli autori e l'editore rinunciano a riscuotere eventuali royalties
derivanti dal prestito bibliotecario di quest'opera.

ISBN 978-88-06-19678-3

A George Carlin.
A Miriam Makeba.

Premessa

Nell'aprile 2008, inattesa, si accende sul web italiano una discussione sulla narrativa, discussione che nei mesi a seguire vedrà partecipi molti scrittori e lettori e che fin dall'inizio «sconfina» oltre la rete e la comunità letteraria nazionale, entrando anche nel dibattito culturale di altri paesi.

Causa scatenante è *New Italian Epic*, «memorandum 1993-2008» scritto e pubblicato on-line da Wu Ming 1, dopo una riflessione che ha coinvolto l'intero collettivo piú altri nomi del romanzo italiano.

> **Memoràndum** [...] **s.m. inv. (pl. lat.** *memoranda*) **1** Documento contenente l'indicazione dei termini di una questione, o di un fatto verificatosi, o di un accordo raggiunto tra piú soggetti [...] **2** Libretto per annotazioni, appunti e sim.: segnare un appuntamento, una data sul m. **3** Tipo di lettera [...] per brevi comunicazioni | (est.) Foglio di carta da lettera di formato ridotto, per tali comunicazioni[1].

New Italian Epic si presenta come un «primo tentativo» di sintesi teorica – sebbene «precaria» – su una «instabile oscillante reazione ancora in corso». Wu Ming 1 mette insieme appunti e proposte di lettura comparata, azzardando uno sguardo d'insieme

---

[1] N. Zingarelli, *Vocabolario della lingua italiana*, s.v.

su diverse opere uscite in Italia negli ultimi quindici anni. Opere che hanno un «respiro» epico unito a una «tonalità emotiva» accorata e partecipe, e raccontano in allegoria le conseguenze della fine del bipolarismo Usa-Urss (a livello planetario) e della Prima Repubblica (a livello nazionale).

Con espressioni come «nebulosa» e «campo elettrostatico», il memorandum descrive una rete di rimandi reciproci e parentele tra molti romanzi e «oggetti narrativi» – alcuni di grande successo – nati in lingua italiana nella temperie post-1993. Di quella temperie, la sommossa poliziesca al G8 di Genova e l'attentato a New York dell'11 settembre 2001 vengono indicati come doppio momento-chiave, segmento collegante due «punti di svolta» nella percezione del rapporto tra letteratura e società.

Wu Ming 1 elenca varie caratteristiche rinvenibili nei libri che prende in esame. Ciascuno di questi elementi stilistici e tematici, se isolato dagli altri, non rappresenta una rottura con la «tradizione» letteraria anche recente; è la loro *compresenza in uno stesso libro* e, contemporaneamente, in *molti altri libri* scritti nello stesso duplice contesto (l'Italia della Seconda Repubblica nel mondo post-Guerra fredda) a innescare reazioni e far scaturire il nuovo dall'esistente.

«Nuovo *vs* Vecchio». Eccolo, il grande fraintendimento dell'avanguardia eurocentrata. Nulla è «nuovo al cento per cento», la vita e la realtà non funzionano a quel modo. La novità nasce da un gioco tra continuità e rotture ed è riconoscibile soltanto comparandola al già noto. In una condizione di *tabula ra-*

sa nulla permetterebbe di riconoscerla, tantomeno di esperirla.

Inoltre, chi conosce la storia delle arti, o chi segue la *popular music*, sa che la novità di una tendenza o di un'espressione si coglie nell'insieme, giammai smontando le parti, e l'insieme è prodotto dall'attrito fra approccio e contesto. «Smontando» il punk rock del 1976-77 si ottengono gli stessi tre accordi di tutto il rock precedente, la stessa ritmica 4/4 e timbriche già ottenute da innumerevoli band su innumerevoli dischi, eppure nessuno mette in dubbio che il punk sia stato una novità. Di piú: il punk ha prodotto una cesura epocale nella *popular music* e nella cultura giovanile tutta[2]. Questo si può avvertire soltanto considerandolo nel suo insieme, con uno sguardo non riduzionistico. Lo stesso che va messo alla prova sul New Italian Epic.

Tornando a quest'ultimo, il fatto che a «cucire» e tenere insieme i suoi elementi sia un'etica, un forte *senso di responsabilità* da parte di narratori stanchi di «passioni tristi» e/o giochetti tardo-postmoderni, fa pensare che stia accadendo qualcosa di importante.

[2] Fin da subito, nondimeno, si è potuto metterlo in rapporto con una *tradizione*, per quanto giovane. I *Sex Pistols* suonavano *Substitute* degli Who e *(I'm Not) Your Steppin' Stone* dei Monkees, due canzoni del 1966. «Innovazione *vs* tradizione», madre di tutte le dicotomie truffaldine! Dovremmo guardare di piú a culture come quella afroamericana e afroatlantica, che ha avuto e ha eccome delle «avanguardie», e alcune sono state tra le piú oltranziste e sperimentali del XX secolo (dal free jazz alla musica dell'Aacm), tuttavia *quelle* avanguardie non si sono mai esaurite in sfoghi chiliastici e invocazioni alla *tabula rasa*, ma hanno sempre *rimesso in gioco* le tradizioni per incorporarle nell'innovazione. Pensiamo al John Coltrane degli ultimi anni e a quel che ottenne da un antico canto yoruba come *Ogunde Uareré* (cfr. Wu Ming 1, *Ogunde, quel titolo che Coltrane colse tra i miti del Brasile nero*, in «Musica Jazz», LXIV, n. 3, marzo 2008, disponibile on-line anche in «Giap», 8ª serie, n. 21, wumingfoundation.com).

New Italian Epic si basa su alcune conferenze tenute dall'autore in diverse università americane, tra cui il Massachusetts Institute of Technology di Boston. L'apparizione del memorandum, la dimensione transnazionale da cui nasce e la sua grande, subitanea diffusione (piú di trentamila download in pochi mesi, dato inaudito per un testo di teoria letteraria) fanno esplodere il caso, e ha subito luogo una «disintermediazione» del dibattito: la critica ufficiale e il cronismo culturale «accreditato» appaiono non soltanto scavalcati, ma del tutto ignorati.

Il confronto avviene direttamente tra scrittori, nonché tra scrittori e lettori. In rete, in incontri pubblici e – piú di rado – sulle pagine di alcuni giornali intervengono quasi tutti gli autori menzionati da Wu Ming 1 e non solo: Carlo Lucarelli, Massimo Carlotto, Giancarlo De Cataldo, Valerio Evangelisti, Giuseppe Genna, Antonio Scurati, Girolamo De Michele, Letizia Muratori, Marcello Fois, Marco Philopat, Tommaso Pincio, Giovanni Maria Bellu, Alan D. Altieri, Valter Binaghi e molti altri.

Diversi contributi giungono dalla diaspora intellettuale italiana, quella dei cosiddetti «cervelli in fuga», dottorandi e ricercatori in letteratura e filologia negli organici di università estere.

A conferma della sua natura aperta, il memorandum si evolve e modifica rispondendo alle varie sollecitazioni. Nel settembre 2008 appare in rete una versione «2.0», arricchita da un flusso di commenti che scorre in parallelo al testo di aprile, approfondendolo, contrappuntandolo, rimettendolo in prospettiva. Nei mesi che seguono, si moltiplicano i contributi, gli incontri pubblici, le conferenze. Giunge cosí il tempo di raccogliere un po' di cose sul supporto cartaceo; per il dibattito rintocca l'ora dell'oggetto-libro. Una ripartenza.

Quella inclusa nel presente libro è la versione «3.0» del memorandum, ed è divisa in due parti: *New Italian Epic* e *Sentimiento nuevo*. Il flusso di commenti della versione precedente si è dissolto e superato in quanto tale, reagendo all'inserimento di nuovi brani e dando vita a un ulteriore ibrido.

Il testo che segue, *Noi dobbiamo essere i genitori*, è il discorso d'apertura di Wu Ming 1 alla conferenza *The Italian Perspective on Metahistorical Fiction: The New Italian Epic*, tenutasi il 2 ottobre 2008 all'Institute of Germanic and Romance Studies della University of London.

Nel discorso vengono sviluppati due temi del memorandum:

– la «morte del Vecchio», ossia il nostro ritrovarci orfani dei capostipiti e nella necessità di elaborare il lutto per tornare a immaginare un futuro ed essere a nostra volta *fondatori*;

– la dimensione *perturbante* degli «oggetti narrativi non-identificati», definizione provvisoria usata nel memorandum, utile a definire narrazioni che non sono piú romanzi ma non sono ancora compiutamente altro, e che forse «compiutamente altro» non diverranno mai. Magari in futuro ci abitueremo a chiamarli «romanzi», cosí, senza disagio, com'è già accaduto ad altre «aberrazioni». La forma-romanzo si è sempre rinnovata esondando e conquistando nuovi territori.

A chiudere il libro è *La salvezza di Euridice* di Wu Ming 2, lunga cavalcata nei territori del raccontare storie, tra mitologia, neuroscienze, linguistica e «filosofia pop».

All'origine del testo ci sono tre pagine di appunti e geroglifici, nate come scaletta per una conferenza tenuta a Siviglia, nell'ambito del festival Zemos98. La manifestazione è incentrata sull'attivismo culturale nelle sue varie forme, con particolare attenzione allo scenario dei nuovi media.

Per il decimo anniversario, gli organizzatori avevano scelto il titolo *Regreso al futuro*, e il compito affidato a Wu Ming 2 era quello di illustrare il rapporto tra cronaca e narrazione, tra Storia e storie. L'intervento si poneva soprattutto tre obiettivi: primo, definire il ruolo del cantastorie, in risposta a quanti considerano il raccontare un'attività ormai inflazionata e spuria; secondo, individuare nelle tecniche narrative un *metodo* per l'interpretazione della complessità; terzo, mostrare il funzionamento del metodo e le sue ripercussioni sociali.

Proprio in quei giorni del marzo 2008, Wu Ming 1 presentava in America quello che sarebbe diventato il memorandum sul Nie. Inutile dire che i due testi, pur con approcci differenti, finivano per sovrapporsi e toccarsi in piú punti. Naturale, dopo anni di lavoro comune e confronto.

Da allora Wu Ming 2 ha continuato ad annusare, raccogliere materiali ed esempi, condurre esperimenti nelle scuole, studiare e rileggere. In particolare, la parte metodologica si arricchiva e precisava in una sorta di omaggio e aggiornamento alla *Grammatica della fantasia* di Gianni Rodari. Gli appunti però non volevano saperne di trovare una forma definitiva, si gonfiavano e perdevano pezzi man mano che il dibattito sulla Nuova Epica andava avanti. Ecco perché *La salvezza di Euridice* è rimasto finora inedito, perché solo la decisione di dar vita a questo volume ha liberato le energie necessarie per mettere in fila le argomentazioni e disciplinarle con la giusta coerenza[3].

Vorremmo che il libro indicasse cosí la possibilità di un rapporto virtuoso tra la rete e la carta: fissando i contenuti già proposti on-line, allargandone la ricezione e stimolando, con idee e pensieri nuovi, il cammino della discussione.

---

[3] Una volta terminato, *La salvezza di Euridice* è stato «testato» dal vivo la sera del 28 ottobre 2008, a Bologna, in un'aula gremita da cinquecento persone, nella facoltà di Lettere e filosofia occupata dagli studenti per opporsi alle politiche del governo Berlusconi-*ter* in materia di formazione e ricerca. Cfr. A. Esposito, *Wu Ming, strategie per il movimento: astuzia, non muscoli*, in «Corriere della Sera», edizione bolognese, 30 ottobre 2008; G. Marcante, *E Wu Ming interrompe il suo sciopero per l'Onda*, in «il manifesto», 30 ottobre 2008.

New Italian Epic

Wu Ming 1

New Italian Epic 3.0
Memorandum 1993-2008

1. New Italian Epic[1]

> *Datta*: cosa abbiamo donato?
> Amico mio, sangue che scuote il mio cuore
> la terribile audacia di un momento di resa
> che una vita di cautela non potrà cancellare.
> Per questo, per questo solo siamo esistiti,
> e non sarà nei nostri necrologi
> né nei ricordi drappeggiati dal benevolo ragno
> né sotto i sigilli spezzati dal secco notaio
> nelle nostre stanze vuote.
>
> THOMAS STEARNS ELIOT, *La terra desolata*.

Nel pomeriggio dell'11 settembre 2001 lavoravamo a casa di Wu Ming 2. Tiravamo la volata finale, ultimo rettilineo prima di giungere al traguardo del nostro romanzo *54*. La consegna era fissata a novembre.

In quei giorni curavamo ancora le ferite di Genova, 20 e 21 luglio. Ferite soltanto metaforiche, per grazia del cielo, ma a centinaia di persone era toccata peggior sorte: teste avvolte nelle bende, braccia steccate, piedi ingessati, cateteri. E un ragazzo era morto. Genova. Solo chi è stato in quelle strade può capire.

Credevamo di aver fatto il pieno, almeno per il momento, di «eventi-chiave», «punti di svolta» e altri dispositivi per la riproduzione di frasi fatte. E invece... Un Sms, non ricordo spedito da chi, fratello di milioni di Sms che in quei minuti attraversarono l'etere, arrivò sui cellulari di tutti e cinque. Diceva soltanto: «Accendi la Tv».

Nelle settimane successive terminammo il romanzo. Lo consegnammo all'editore pochi giorni prima

---

[1] Testo scritto tra il marzo e il novembre del 2008.

dell'inizio della guerra contro l'Afghanistan. Per ultima cosa, scrivemmo una sorta di premessa, quasi una poesia:

> Non c'è nessun «dopoguerra».
> Gli stolti chiamavano «pace» il semplice allontanarsi del fronte.
> Gli stolti difendevano la pace sostenendo il braccio armato del denaro.
> Oltre la prima duna gli scontri proseguivano. Zanne di animali chimerici affondate nelle carni, il Cielo pieno d'acciaio e fumi, intere culture estirpate dalla Terra.
> Gli stolti combattevano i nemici di oggi foraggiando quelli di domani.
> Gli stolti gonfiavano il petto, parlavano di «libertà», «democrazia», «qui da noi», mangiando i frutti di razzie e saccheggi.
> Difendevano la civiltà da ombre cinesi di dinosauri.
> Difendevano il pianeta da simulacri di asteroidi.
> Difendevano l'ombra cinese di una civiltà.
> Difendevano un simulacro di pianeta[2].

Dopo la caduta del Muro e la Prima guerra del Golfo, in Occidente molte persone (soprattutto *opinion makers*) parlavano di «nuovo ordine mondiale». Ordine, chiarezza. La Guerra fredda finita, la democrazia vittoriosa, e qualcuno si spinse fino a dichiarare conclusa la Storia. L'*Homo liberalis* era il modello definitivo di essere umano.

Si trattava, in parti eguali, di rozza propaganda, allucinazione collettiva e mania di *grandeur*. Gli anni Novanta non furono solamente «il decennio piú avido della Storia» (secondo la definizione di Joseph Stiglitz), ma anche il decennio piú illuso, megaloma-

---

[2] Wu Ming, *54*, Einaudi, Torino 2002, p. 3.

ne, autoindulgente e barocco. La celebrazione chiassosa del potere e dello «stile di vita occidentale» toccò livelli mai raggiunti prima, roba da far sembrare frugali le feste di Versailles durante l'Ancien Régime.

Arte e letteratura non ebbero bisogno di saltare sul carrozzone dell'autocompiacimento, perché c'erano salite già da un pezzo, ma ebbero nuovi incentivi per crogiolarsi nell'illusione, o forse nella rassegnazione. Nulla di nuovo poteva piú darsi sotto il cielo, e in molti si convinsero che l'unica cosa da fare era scaldarsi al sole tiepido del già-creato. Di conseguenza: orgia di citazioni, strizzate d'occhio, parodie, *pastiches*, remake, revival ironici, trash, distacco, postmodernismi da quattro soldi.

L'11 settembre polverizzò tutte le statuette di vetro, e molta gente sente il contraccolpo soltanto ora, sette anni piú tardi. Lo stesso contraccolpo che descrivemmo in forma allegorica nella premessa a *54*. Il compiersi di un ciclo storico.

54 uscí nella primavera del 2002. Quasi in contemporanea giunse in libreria – pubblicato dal nostro stesso editore – *Black Flag* di Valerio Evangelisti, che all'epoca non conoscevamo di persona. *Black Flag* è il secondo capitolo del Ciclo del metallo, epopea della nascita del capitalismo industriale, che l'autore rappresenta come manifestazione di Ogun, divinità yoruba dei metalli, delle miniere, delle lame, della macellazione.

Aprendo il romanzo, scoprimmo che il primo capitolo era al tempo stesso un *trompe-l'œil* e un'allegoria molto simile alla nostra. In *exergo* una frase di George W. Bush sul bisogno di rispondere al terrore, poi l'apertura: le torri in fiamme, cadaveri, persone che vagano per strada coperte di polvere di cemento e amianto. Qualcuno si chiede: «Perché tutto questo?», qualcun altro dice: «Nulla sarà piú come prima»[3].

Solo che non è l'11 settembre 2001.

È l'attacco a Panama da parte degli Stati Uniti, 20 dicembre 1989.

Zanne di animali chimerici affondate nelle carni, il Cielo pieno d'acciaio e fumi.

Cinque anni dopo le uscite di *54* e *Black Flag*, facemmo una nuova scoperta leggendo *Nelle mani giuste* di Giancarlo De Cataldo.

Il romanzo di De Cataldo racconta gli anni di Mani pulite e Tangentopoli, della fine della Prima Repubblica e delle stragi di mafia, fino alla «discesa in campo» di Berlusconi. Da poco era uscito anche il nostro *Manituana*, che narra la guerra d'indipendenza americana dal punto di vista degli indiani Mohawk che la combatterono al fianco dell'Impero britannico, contro i ribelli «continentali».

Due libri in apparenza irrelati: diversi per stile e struttura, diversi gli eventi narrati, diverso il periodo storico, diversa l'area geografica, diverso tutto.

Eppure notavamo echi, rimandi, somiglianze. Un comune vibrare. Di che cosa poteva trattarsi? Ci volle un po', ma alla fine capimmo.

Entrambi i romanzi girano intorno al buco lasciato da una doppia morte: la scomparsa di due leader,

---

[3] V. Evangelisti, *Black Flag*, Einaudi, Torino 2002, p. 3.

anzi, due demiurghi, due che hanno creato mondi. In *Manituana* si tratta di Sir William Johnson, sovrintendente agli affari indiani del Nordamerica, e di Hendrick, capo irochese fautore della cooperazione coi bianchi. In *Nelle mani giuste* i due non hanno nome, tutt'al piú antonomasie: il Vecchio, grande manovratore di servizi segreti e strategie parallele, e il Fondatore, capitano d'industria e artefice di un impero aziendale.

Gli eredi dei demiurghi non sono all'altezza, cercano alleanze impossibili e si scoprono deboli, inadatti. La situazione sfugge di mano, trappole si chiudono e, mentre i maschi falliscono, una donna forte (una vedova: Molly/Maia) apre una via di fuga per pochi. Nel frattempo, il mondo di ieri è finito.

A un livello profondo, i due romanzi raccontano la stessa storia.

Nel corso degli anni, esperienze simili – repentine «illuminazioni» che innescavano letture comparate – ci sono state riferite da diversi colleghi. Intanto abbiamo letto, recensito e discusso tra noi svariati libri, che pian piano hanno fatto massa, e intorno a quella massa si è creato un «campo di forze».

Sotto la produzione di molti autori italiani degli ultimi dieci-quindici anni vi è un giacimento di immagini e riferimenti condivisi. Dalle trasformazioni che avvengono là in basso (si pensi a materia organica sepolta e compressa che nel tempo diventa idrocarburo) dipende il futuro della narrativa italiana.

Per lungo tempo si è trattato soltanto di impressioni, intuizioni, poi il discorso ha preso a strutturarsi. È toccato a me tirare le prime somme in cerca di una sintesi provvisoria, e l'ho fatto preparando il mio intervento per *Up Close & Personal*, workshop sulla letteratura italiana che si è svolto alla McGill University di Montréal nel marzo 2008. In quel contesto è stata usata per la prima volta l'espressione «nuova narrazione epica italiana» o, in breve, «New Italian Epic».

Grazie al confronto, ho potuto stringere viti e aggiungere esempi. Nei giorni successivi ho parlato del New Italian Epic in altre due università nordamericane: il Middlebury College di Middlebury, Vermont, e il Massachusetts Institute of Technology di Cambridge, Massachusetts. Riattraversato l'oceano Atlantico, ho discusso a fondo con i miei compari di collettivo e messo gli appunti a disposizione di altri colleghi, che hanno espresso i loro pareri. Ho pubblicato sul nostro sito ufficiale l'audio della conferenza di Middlebury, e raccolto impressioni da chi l'ha ascoltata.

Nello scrivere il presente saggio ho tenuto conto di tutto questo.

0. *La nebulosa.*

Nelle lettere italiane sta accadendo qualcosa. Parlo del convergere in un'unica – ancorché vasta – nebulosa narrativa di parecchi scrittori, molti dei quali sono in viaggio almeno dai primi anni Novanta. In genere scrivono romanzi, ma non disdegnano puntate nella saggistica e in altri reami, e a volte producono «oggetti narrativi non-identificati». Diversi loro libri sono divenuti best-seller e/o long-seller in Italia e altri paesi. Non formano una generazione in senso anagrafico, perché hanno età diverse, ma sono una generazione letteraria: condividono segmenti di poetiche, brandelli di mappe mentali e un desiderio feroce che ogni volta li riporta agli archivi, o per strada, o dove archivi e strada coincidono.

Se un'espressione discutibile e discutenda come «New Italian Epic» ha un fine, è quello di produrre una sorta di campo elettrostatico e attirare a sé opere in apparenza difformi, ma che hanno affinità profonde. Ho scritto «opere», non «autori», perché il New Italian Epic riguarda piú le prime dei secondi. Difatti, ciascuno di questi autori ha scritto – e scrive – anche libri che non rientrano nella definizione[4].

Chi sono questi scrittori, da dove vengono?

Alcuni, come Andrea Camilleri, Carlo Lucarelli e Massimo Carlotto, hanno lavorato sul poliziesco in modo tutto sommato «tradizionale», per poi sorprendere con romanzi storici «mutanti» (*La presa di Macallè*, *L'ottava vibrazione*, *Cristiani di Allah*). E una continua oscillazione tra le polarità del thriller, del picaresco e dell'epopea storica ha caratterizzato anche il lavoro narrativo di Pino Cacucci (*Tina, Puerto Escondido, In ogni caso nessun rimorso, Oltretorrente*).

---

[4] Opere, va ribadito. È forse il punto piú importante. Opere. Stiamo parlando prima di opere e solo per conseguenza anche di autori. Gli autori sono meno importanti. Se solo fosse possibile una storia letteraria senza nomi, una *Literaturgeschichte ohne Namen*... Volete trovare «scrittori neoepici»? Cercherete invano. Vi imbatterete, questo sí, in opere che hanno un rinnovato tono epico, opere che nella produzione di un autore convivono con altre del tutto differenti.

Altri, come Giuseppe Genna e Giancarlo De Cataldo, hanno masticato il *crime novel* con in testa l'epica antica e cavalleresca, per poi – rispettivamente – affrontare narrazioni maestose e indefinibili (*Dies irae*, *Hitler*) ed estinguere la *spy story* in un esperimento di prosa poetica (*Nelle mani giuste*).

Nel mentre, Evangelisti ibridava in modo selvaggio i generi «acquisiti» della paraletteratura, al contempo producendo un ciclo epico che non distingue tra fiaba soprannaturale, romanzo storico e analisi delle origini del capitalismo.

Ancora: Helena Janeczek, Marco Philopat, Roberto Saviano e Babsi Jones hanno prodotto «oggetti narrativi non-identificati», libri che sono *indifferentemente* narrativa, saggistica e altro: prosa poetica che è giornalismo che è memoriale che è romanzo. Libri come *Lezioni di tenebra*, *Cibo*, *I viaggi di Mel*, *Gomorra* e *Sappiano le mie parole di sangue*. Andrebbero letti uno dopo l'altro, non importa in che ordine, per sentire i riverberi che giustificano il raggruppamento. La definizione nasconde un gioco di parole, anzi, un acrostico: le iniziali di «Unidentified Narrative Object» formano la parola UNO; ciascuno di questi oggetti è *uno*, irriducibile a categorie pre-esistenti. Non si trascina forse da due anni il dibattito di lana caprina sullo statuto di *Gomorra*? Romanzo o reportage? Narrativa o giornalismo? Poi accade che proprio due giornalisti, Alessandro Zaccuri e Giovanni Maria Bellu, scrivano romanzi in cui si «documentano» vite alternative di Giacomo Leopardi (*Il signor figlio*) e Juan Perón (*L'uomo che volle essere Perón*).

Che dire poi di Luigi Guarnieri, il cui arco di produzione va da un «romanzo *non-fiction*» su Lombroso (*L'atlante criminale*) a un grande affresco sulla repressione del brigantaggio (*I sentieri del cielo*)? E di Antonio Scurati, che in *Una storia romantica* riprende la tradizione del romanzo alla Fogazzaro, portandole in dote un curriculum di romanzi «ibridi» e saggi di teoria estetica e letteraria?

Vengono in mente altri nomi: il Bruno Arpaia di *L'angelo della storia*, il Girolamo De Michele di *Scirocco*, il Luigi Balocchi di *Il diavolo custode* e poi Kai Zen, Flavio Santi, Simone Sarasso, Letizia Muratori, Chiara Palazzolo, Vittorio Giacopini e tanti ancora[5]. Alcuni veterani, altri appena esordienti; certi non hanno ancora raggiunto la nebulosa ma si stanno avvicinando, i loro libri si stanno trasformando[6], e intanto laggiú in fondo premono i posteri.

[5] L'elenco delle opere Nie è *in fieri*, come ha dimostrato il dibattito seguito al memorandum. Io stesso, poco dopo l'uscita del testo, ho posto all'ipotetico centro della nebulosa-Nie il racconto *L'insurrezione* di Antonio Moresco (cfr. la mia recensione su «Nandropausa», n. 14, giugno 2008, wumingfoundation.com). Nel memorandum 1.0, per dimenticanza, non menzionavo (gravissimo!) Alan D. Altieri e Marcello Fois; non menzionavo Antonio Pennacchi, Luca Masali, Gianfranco Manfredi, il Leonardo Colombati di *Killer in the Sun* (molto piú di quello dei romanzi); non menzionavo Walter Siti (*Il contagio*, 2008, ennesimo esempio di UNO), Alessandro Bertante (*Al Diavul*, 2008), Rosario Zanni (*Mal'aria*, 2008), Enrico Brizzi (per l'inattesa piega degli eventi dal titolo *L'inattesa piega degli eventi*, 2008), Gabriella Ghermandi (*Regina di fiori e di perle*, 2007), Alessandro Defilippi (*Le perdute tracce degli dèi*, 2008), Giancarlo Liviano D'Arcangelo, Angelo Petrella, Valter Binaghi, eccetera. Ciascuno di questi autori ha scritto opere che partecipano in varia misura al «campo di forze» della nuova epica. Ciascuno di loro attraversa la nebulosa piú o meno vicino al suo centro, o ne esplora i margini in attesa di entrarvi.

[6] Negli immediati dintorni della nebulosa si trovano scritture piú «di genere» che già premono per divenire altro e ne dànno segnale. Per fare un esempio, in *Cosí si dice* (notevole «sardinian hard-boiled» di Francesco Abate, 2008), la non-conoscenza dell'*Aiace* di Sofocle e del suo echeggiare nell'*Eneide* ha per il protagonista conseguenze disastrose. L'antieroe cade in una trappola perché... gli manca l'epica!

Eccoli, dal centro della nebulosa già ripartono, volano in ordine sparso, le traiettorie divergono, s'incrociano, divergono...

1. *In che senso «epico»?*

L'uso dell'aggettivo «epico», in questo contesto, non ha nulla a che vedere con il «teatro epico» del Novecento o con la denotazione di «oggettività» che il termine ha assunto in certa teoria letteraria[7].
Queste narrazioni sono *epiche* perché riguardano imprese storiche o mitiche, eroiche o comunque avventurose: guerre, anabasi, viaggi iniziatici, lotte per la sopravvivenza, sempre all'interno di conflitti piú vasti che decidono le sorti di classi, popoli, nazioni o addirittura dell'intera umanità, sugli sfondi di crisi storiche, catastrofi, formazioni sociali al collasso[8]. Spesso il racconto fonde elementi storici e leggendari, quando non sconfina nel soprannaturale. Molti di questi libri sono romanzi storici, o almeno hanno sembianze di romanzo storico, perché prendono da quel genere convenzioni, stilemi e stratagemmi.
Tale accezione di «epico» si ritrova in libri come *Q*, *Manituana*, *Oltretorrente*, *Il re di Girgenti*, *L'ottava vibrazione*, *Antracite*, *Noi saremo tutto*, *L'angelo della storia*, *La banda Bellini*, *Stella del mattino*, *Sappiano le mie parole di sangue* e molti altri. Libri che

---

[7] Per un ridimensionamento di questa audace asserzione, cfr. la seconda parte di questo testo, *Sentimiento nuevo*.

[8] Anche per una definizione piú vasta e approfondita di «epica», cfr. *Sentimiento nuevo*.

fanno i conti con la turbolenta storia d'Italia, o con l'ambivalente rapporto tra Europa e America, e a volte si spingono anche piú in là.

Inoltre, queste narrazioni sono *epiche* perché grandi, ambiziose, «a lunga gittata», «di ampio respiro» e tutte le espressioni che vengono in mente[9]. Sono *epiche* le dimensioni dei problemi da risolvere per scrivere questi libri, compito che di solito richiede diversi anni, e ancor piú quando l'opera è destinata a trascendere misura e confini della forma-romanzo, come nel caso di narrazioni transmediali, che proseguono in diversi contesti.

2. *La tradizione*.

Ho detto che molti di questi libri sono o sembrano romanzi storici. L'Italia, paese ricco di storia e

[9] Va precisato che «ampio respiro» e «lunga gittata» sono compatibili con trattazioni piú autobiografiche o «introspettive». Epica e «introspezione», ampio respiro e psicologia dei personaggi vanno sovente a braccetto senza schierarsi in punta ai corni di un dilemma. *Stella del mattino* di Wu Ming 4 è un romanzo «intimista», come lo è in certe parti *Gomorra* di Saviano. Stesso discorso per l'*autofiction*, ovvero la programmatica confusione tra autobiografia e invenzione narrativa. L'*autofiction* è elemento fondamentale di opere di Genna come *Dies irae* e *Medium* (dove il protagonista si chiama Giuseppe Genna e ha in comune col Genna-autore certe parti di biografia). Anche Babsi Jones ha scritto un perfetto esempio di *autofiction*: la protagonista/narratrice di *Sappiano le mie parole di sangue* si chiama Babsi Jones e non è l'autrice. *Il contagio* di Siti, supremo esempio di *autofiction*, è un oggetto narrativo epico. *Il fasciocomunista* di Antonio Pennacchi (2003), romanzo che a mio avviso è dentro il Nie, è in buona parte costruito sulla giustapposizione di autore e personaggio (Accio Benassi *c'est* Pennacchi ma anche no). In *Il colore del sole* (2007), Andrea Camilleri inventa episodi e circostanze della propria vita recente. Certo, se l'*autofiction* serve a ricamare all'uncinetto una narrazione tutta «centripeta» e raggomitolata sull'ego, siamo davvero troppo lontani dal Nie. È tuttavia sempre piú raro che questo accada. Lo stesso Beppe Sebaste, che pure ha nomea di autore «ombelicale», nel suo oggetto narrativo *H. P. L'autista di Lady Diana* (2007) usa introspezione e *autofiction* per narrare un fatto pubblico e «storico»: l'inchiesta di polizia sulla morte di Diana Spencer e Dodi al-Fayed.

storie, è stata terreno fertile per questa forma di narrazione, sviluppando una tradizione a cui il New Italian Epic rende omaggio.

Ovvio ma inevitabile citare *il* romanzo protonazionale, quello che posò le fondamenta stesse dello scrivere romanzi in lingua italiana: *I promessi sposi*. Da quell'avvio, l'Italia ha avuto grandi romanzi storici, libri che definiscono la loro epoca, come *I viceré* di Federico De Roberto, *Confessioni di un italiano* di Ippolito Nievo, *I vecchi e i giovani* di Luigi Pirandello, *Il mulino del Po* di Riccardo Bacchelli, *Metello* di Vasco Pratolini, *Il Gattopardo* di Giuseppe Tomasi di Lampedusa, *Artemisia* di Anna Banti, eccetera[10].

Gli scrittori menzionati sopra hanno ben presente questa tradizione e dialogano con essa. Basti ricordare il personaggio-manifesto dei romanzi di Girola-

---

[10] Inutile fingere di non vedere l'elefante nel tinello: è di trent'anni fa l'uscita di *Il nome della rosa* di Umberto Eco, che però inaugurava una stagione differente, trattandosi di un libro *tongue-in-cheek*, manifesto del postmodernismo europeo, fascinosa parodia multilivello dello scrivere romanzi storici, anzi, romanzi *tout court*. Eco lo spiega nelle *Postille a Il nome della rosa* (1983): egli non ha scritto un romanzo storico; ha finto di scriverlo, perché l'unico approccio auspicabile al romanzo è un approccio ironico, che tramite la citazione e il *pastiche* preservi il distacco e permetta di criticare quel che si scrive nel momento stesso in cui lo si scrive, perché non bisogna fidarsi dei testi né di chi li scrive e nemmeno di chi li legge. *Il nome della rosa* non è un romanzo storico, ma una riflessione sul romanzo storico, sui *tópoi*, sull'intertestualità, riflessione scritta in modo da far capire che, se avesse voluto, Eco sarebbe stato in grado di scrivere un romanzo bellissimo. *Il nome della rosa* è proprio quel romanzo bellissimo, quello che Eco non ha scritto davvero. Per questo ride, o meglio, sogghigna: lo diverte il lettore ingenuo e non ancora «postmoderno», il quale crede di aver letto un romanzo storico che invece non c'è, e lo divertono il successo, il chiacchiericcio, il «caso» editoriale, il metalinguaggio, le sovrainterpretazioni di alcune sue decisioni prese per caso o per gioco, le *Postille* stesse, tutto quanto.

Negli anni a venire, scimmiottatori, epigoni e semplici paraculi hanno portato questo atteggiamento all'estremo, ne hanno fatto, per usare un'espressione di Roland Barthes, una cinica «fisica dell'alibi», un perenne e deresponsabilizzante trovarsi altrove rispetto alle decisioni prese: «Ero ironico», «Non volevo dire questo», «Sarei un ingenuo se pensassi che...». E il *pastiche* è dimo De Michele, Cristiano Malavasi, reduce della lotta armata che in carcere studia e chiosa ossessivamente *I promessi sposi*. Tuttavia, in un mondo di flussi, mercati e comunicazioni transnazionali è non soltanto possibile, ma addirittura inevitabile essere eredi di piú tradizioni e avere altre influenze oltre a quelle nazionali. Molti degli autori elencati hanno tratto grande ispirazione da quei romanzieri latino-americani che negli ultimi trent'anni hanno realizzato una sintesi di «realismo magico», *detective story*, romanzo d'avventura e biografia narrativa di personaggi storici; autori come Paco Ignacio Taibo II, Daniel Chavarría, Rolo Diez, Miguel Bonasso e altri. Come è innegabile – ed esplicitamente riconosciuto – il grande ascendente del James Ellroy di *American Tabloid* e *My Dark Places*[11].

venuto, per dirla con Fredric Jameson, «parodia vacua» e confusa, parodia non si sa nemmeno piú di cosa, priva di qualunque valenza critica.
  Di tutti i romanzi di Eco, il mio preferito è *La misteriosa fiamma della regina Loana*, libro dove si scherza, sí, ma in modo mortalmente serio. È un libro dove c'è dolore, *saudade* per quel piccolo Brasile in cui si trasforma l'infanzia man mano che si allontana, autentica paura di morire, vuoto che inghiotte. L'Eco di oggi, quello che ci ha dato questo romanzo, è un autore che ha superato il *pastiche* e il postmoderno, e lo ha fatto proprio con il libro che, al lettore ingenuo di oggidí (non piú ignaro di teoria, ma troppo saturo di teoria orecchiata qui e là), appare in superficie come il piú pasticchiato e postmoderno di tutti.
  [11] Nel paragrafo appena terminato spiegavo che in Italia non è cosa nuova scrivere romanzi storici, anzi, questo paese ha un *humus* per quel tipo di coltura, nonché una tradizione, e facevo un elenco parziale di opere, elenco chiuso da un *et cetera*. Le opere Nie descrivibili come romanzi storici si pongono in dialogo e risonanza con tale tradizione – che però, in un'epoca di «letteratura mondiale», non è l'unica a cui fanno riferimento. Non c'è altro, ed è tutto molto semplice e piano. Rileggere per constatare. Che dire dunque del seguente «riassunto», propinato ai suoi lettori dal cronista letterario di un quotidiano dall'enorme tiratura? «Nel paragrafo intitolato *La tradizione*, si elencano i modelli di riferimento o meglio i precedenti piú illustri di questa rivoluzionaria temperie letteraria [...] Per dimostrare come la New Epic sia davvero *very new*, i Wu Ming saltano a piè pari le generazioni piú vicine. Come a dire: l'Epic si è malauguratamente interrotta negli anni Cinquanta, ma mezzo secolo dopo per vostra fortuna sono arrivati gli attuali salvatori della Patria: cioè Noi».

3. *Accade in Italia*[12].

Detto questo, il New Italian Epic ha luogo in Italia. Precisazione che suona ovvia, eppure non lo è. In nessun altro contesto si sarebbe verificato lo stesso incontro di reagenti, la stessa confluenza di energie. Gli stimoli avrebbero avuto risposte diverse.

Durante il cinquantennio della Guerra fredda l'Italia visse una situazione del tutto peculiare, in quanto nazione di importanza strategica, terreno dei piú importanti giochi geopolitici. Già culla del fascismo e potenza dell'Asse, teatro di uno dei due grandi sbarchi alleati in Europa e quindi simbolo della vittoria, l'Italia confinava a nordest con un paese socialista e «non-allineato» (la Iugoslavia) e si allungava nel Mediterraneo verso Nordafrica e mondo arabo (nel quale aveva un ruolo-guida l'Egitto di Nasser). Era dunque un estremo avamposto, cuneo della Nato in territorio ostile.

Al contempo, però, l'Italia era terreno instabile, avendo dentro i propri confini il partito comunista

[12] «Che accade in Italia» è l'unico significato dato qui all'aggettivo «Italian». Scansiamo l'equivoco «patriottico», le «patrie lettere», eccetera. Stiamo sempre alle opere: i libri Nie raccontano forse una comunità nazionale, il «popolo italiano» col suo fantomatico «carattere» (fatto di «arte d'arrangiarsi» e generosità, perenne verve e simpatia anche in faccia alle avversità), oppure raccontano le lacerazioni, il divergere e divenire caotico, le deterritorializzazioni e riterritorializzazioni nel corpo frollato di un paese implodente, razzista e illividito? Non ho dubbi su come rispondere. Quella che cerco di fotografare è un'epica della differenza e della moltitudine, un'epica delle anomalie e del *bellum intestinum* che corre lungo la storia del nostro paese. Quando certi editorialisti se la prendono con *Gomorra* per come descrive agli stranieri l'Italia, la sua società, la sua economia, e imputano al libro di «infangare la nostra reputazione», ebbene, colgono nel segno. Un raccontare non addomesticato non può che infangare la *loro* reputazione.

piú grande dell'Occidente (già forza trainante della guerra partigiana) e un movimento operaio molto piú forte dei suoi omologhi europei. Tutto questo fece dell'Italia un perenne «vigilato speciale». Da qui il «fattore K»[13] e la lunga sequela di legislature tenute insieme soltanto dalla *conventio ad excludendum*, sempre interrotte da crisi, col continuo ricorso a elezioni anticipate, mentre ferveva l'attività di organizzazioni occulte, si tentavano colpi di Stato, si ordivano trame, si praticava la strategia della tensione.

Come fu peculiare la nostra esperienza della Guerra fredda, cosí è stato anomalo il modo in cui ne abbiamo vissuto la fine. Crollato il Muro di Berlino, nel giro di tre anni i partiti che avevano governato in base al «fattore K» caddero e andarono in pezzi, in balia della forza d'inerzia, passeggeri di un omnibus che frena all'improvviso. Non caddero perché corrotti o per l'azione della magistratura «rossa», come vogliono agiografie e «leggende nere», ma perché non avevano piú una funzione da svolgere.

Cosí, mentre l'intellighenzia del resto del mondo discuteva della *boutade* di Fukuyama che voleva la storia umana giunta al termine, e mentre il postmodernismo si riduceva a maniera e si avviava all'implosione, da noi si liberavano energie. Anche in letteratura. Non a caso tutte le opere che hanno preannunciato, anticipato e delineato il New Italian Epic sono posteriori al 1993.

[13] Per i piú giovani: il «fattore K» (iniziale di «Komunismo») era quello che, al momento di formare coalizioni di governo, impediva di tener conto della volontà di un terzo degli elettori, ovvero quelli che votavano Pci, partito che non poteva in alcun modo essere ammesso al governo. L'espressione fu coniata nel 1979 dal giornalista Alberto Ronchey.

In un primo momento, le energie si espressero in un ritorno ai generi «paraletterari»: principalmente giallo e noir, ma anche fantastico e horror. Venne ripresa la tradizione del *crime novel* come critica alla società, del giallo come – per dirla con Loriano Macchiavelli – «virus nel corpo sano della letteratura, autorizzato a parlare male della società in cui si sviluppava».

Sul finire del decennio, tuttavia, si iniziò ad andare oltre[14]. L'11 settembre squillò la tromba quando diversi romanzi-spartiacque erano già usciti o al termine di stesura. Nel cruciale anno 2002, oltre ai titoli ricordati, uscí anche *Romanzo criminale* di De Cataldo.

4. *Accade in letteratura*.

... o comunque a partire dalla letteratura. L'immaginario di chi scrive è senz'altro multimediale, e spesso le narrazioni proseguono altrove, si riversano nei territori di cinema, televisione, teatro, fumetti, videogame e giochi di ruolo, ma l'epicentro rima-

---

[14] Nel 2005 i giochi erano fatti: con poche eccezioni, noir e «giallo» nostrani avevano esaurito la spinta propulsiva, cani mezzi morti accasciati in autostrada. Dal pozzo del «genere» esalava narrativa finto-impegnata e finto-contestataria, in realtà legalitaria e conservatrice. Alla fine di quell'anno Tommaso De Lorenzis pubblicò su Carmilla on-line un memoriale-invettiva intitolato *Termidoro. Note sullo stato della letteratura di genere*, testo ancora oggi prezioso. L'ultimo paragrafo, intitolato *Il resto*, era già un preludio a questo memorandum e alle riflessioni sul Nie. De Lorenzis vi ragionava per opere anziché per autori, e ad alcune opere affidava la salvezza, la lotta contro la restaurazione giallistica, Termidoro. Per una dura critica dall'interno alla letteratura «di genere» italiana, cfr. anche V. Evangelisti, *Distruggere Alphaville*, L'ancora del Mediterraneo, Napoli 2006.

ne letterario. Di piú: l'epicentro è nello *specifico* letterario, in ciò che distingue la letteratura dalle altre arti.

In letteratura le immagini non sono già date. A differenza di quel che accade nel cinema o in Tv, le immagini non preesistono alla fruizione. Bisogna, per l'appunto, *immaginarle*. Mentre allo *spettatore* viene chiesto di guardare (*spectare*) qualcosa che già c'è, al *lettore* viene chiesto di raccogliere (*lēgere*) gli stimoli che riceve e creare qualcosa che non c'è ancora. Mentre lo spettatore trova le immagini (i volti, gli edifici, il colore del cielo) al proprio esterno, il lettore le trova dentro di sé. La letteratura è un'arte maieutica e leggere è sempre un atto di partecipazione e co-creazione.

È il motivo per cui, a proposito del rapporto autore-lettore, si è parlato di «telepatia».

> Guardate: c'è un tavolo coperto da una tovaglia rossa. Sulla tovaglia c'è una gabbietta grande come un piccolo acquario. Nella gabbietta c'è un coniglio bianco col naso rosa e occhi bordati di rosa. Tra le zampe anteriori tiene un fondo di carota e lo mastica con soddisfazione. Sulla sua schiena, nettamente tracciato con inchiostro blu, c'è il numero 8. Stiamo vedendo la stessa cosa? Per esserne sicuri dovremmo incontrarci e comparare i nostri appunti, ma penso di sí. Certo, ci saranno inevitabili differenze: alcuni vedranno una tovaglia rosso mattone, altri la vedranno scarlatta. [...] Per i daltonici: la tovaglia rossa è grigio scuro, come la cenere di sigaro [...] e, benvenuto, la mia tovaglia è la tua tovaglia[15].

Tra uno scrittore e un lettore, se tutto fila liscio, si stabilisce una relazione molto stretta. Tra uno

---

[15] S. King, *On Writing*, Sperling & Kupfer, Milano 2001.

scrittore e molti lettori si stabilisce un vincolo comunitario. Tra piú scrittori e molti, moltissimi lettori può stabilirsi qualcosa che somiglia a una forza storica e in realtà è un'onda telepatica. Nella Francia del XIX secolo lo strabordante successo di romanzi d'appendice in cui si descrivevano le condizioni di vita dei poveri (come *I misteri di Parigi* di Eugène Sue) evocò immagini che riempirono le teste di tutti, si affermarono nel discorso pubblico e sottoposero la classe politica a una forte pressione.

Gli scrittori del New Italian Epic hanno una grande fiducia nel potere maieutico e telepatico della parola, e nella sua capacità di stabilire legami (*lēgere*).

5. *Alcune caratteristiche del New Italian Epic.*

Cercherò di individuare e descrivere i tratti distintivi di questa narrativa. Fatta eccezione per la prima, che è una *condicio sine qua non*, nessuna delle caratteristiche che sto per elencare è comune a *tutti* i libri analizzati, ma ciascuno di quei titoli ne condivide con altri piú della metà.

5.1. Don't keep it cool-and-dry.

Il New Italian Epic è sorto dopo il lavoro sui «generi», è nato dalla loro forzatura, ma non vale a descriverlo il vecchio termine «contaminazione». Esso alludeva a condizioni primarie di «purezza» o comunque *nitore*, a confini visibili e ben tracciati, quindi alla possibilità di riconoscere le provenienze, calcolare le percentuali per ottenere aggregati omogenei, saper sempre riconoscere cosa c'è nella miscela[16].

Oggi c'è uno scarto, si è andati oltre, la maggior parte degli autori non si pone neppure piú il problema. «Contaminazione»? Tra cosa e cos'altro, di grazia? È quasi impossibile ricostruire a posteriori cosa sia effettivamente entrato nelle miscele di romanzi come *L'anno luce* e *Dies irae* di Genna, o di UNO come *Gomorra* di Saviano (tant'è che su questo punto ci si continua ad accapigliare, e probabilmente si andrà avanti a lungo).

Bene, ma cosa intendo dire quando affermo che «gli autori non si pongono piú il problema»?

Intendo dire che utilizzano tutto quanto pensano sia *giusto* e *serio* utilizzare.

Giusto e serio. I due aggettivi non sono scelti a caso. Le opere del New Italian Epic non mancano di *humour*, ma rigettano il tono distaccato e gelidamente ironico da *pastiche* postmodernista. In queste narrazioni c'è un calore, o comunque una presa di posizione e assunzione di responsabilità, che le traghetta oltre la *playfulness* obbligatoria del passato recente, oltre la strizzata d'occhio compulsiva, oltre la rivendicazione del «non prendersi sul serio» come unica linea di condotta.

---

[16] È oggi stucchevole parlare di «contaminazione», perché la contaminazione da tempo *non è piú una scelta* ma un già-dato, un ambiente in cui tutti ci muoviamo. La contaminazione non ha un *a priori* esterno a essa né una riconoscibilità *a posteriori*. La contaminazione è a monte, tutti i generi sono costitutivamente ibridi e sporcati, tutto è miscelato e multimediale. «Contamina» anche chi non lo sceglie perché è cosí l'intero immaginario. «Contaminazione» è un pleonasmo.

Va da sé che per «serio» non s'intende «serioso». Si può essere seri e al tempo stesso leggiadri, si può essere seri e ridere. L'importante è recuperare un'*etica* del narrare dopo anni di gioco forzoso. L'importante è riacquistare, come si diceva al paragrafo precedente, *fiducia nella parola* e nella possibilità di «riattivarla», ricaricarla di significato dopo il logorío di *tópoi* e cliché[17].

Nelle *Postille a Il nome della Rosa* Umberto Eco diede una definizione del postmodernismo divenuta celeberrima. Paragonò l'autore postmoderno a un amante che vorrebbe dire all'amata: «Ti amo disperatamente», ma sa di non poterlo dire perché è una frase da romanzo rosa, da libro di Liala, e allora enuncia: «Come direbbe Liala, ti amo disperatamente»[18].

Negli anni successivi, l'abuso di quest'atteggiamento portò a una *stagflazione* della parola e a una sovrabbondanza di *metafiction*: raccontare del proprio raccontare per non dover raccontare d'altro.

Oggi la via d'uscita è sostituire la premessa e spostare l'accento su quel che importa davvero: «Nonostante Liala, ti amo disperatamente». Il cliché è evocato e subito messo da parte, la dichiarazione d'amore inizia a ricaricarsi di senso.

---

[17] «Gelidamente ironico». È questa particolare forma di ironia quella di cui noto il perdurante abuso: l'ironia a corso forzoso, schermata e anaffettiva, tipica del postmodernismo della fase terminale. La modalità ironica è ben presente anche in molti dei libri che ho citato. La differenza è che ironia e sarcasmo sono mirati, si esercitano nei confronti di precisi comportamenti e situazioni, senza esondare e investire l'atto stesso di scrivere. La fiducia nel potere della parola è un *must*. Sul tema, cfr. piú avanti il paragrafo *Postmodernismi da quattro soldi* in *Sentimiento nuevo*.

[18] U. Eco, *Postille a Il nome della rosa*, Bompiani, Milano 1983, p. 39.

Ardore civile, collera, dolore per la morte del padre, *amour fou* ed empatia con chi soffre sono i sentimenti che animano le pagine di libri come *Gomorra*, *Sappiano le mie parole di sangue*, *Dies irae*, *Medium*, *La presa di Macallè*, eccetera. Ciò avviene in assenza di strizzate d'occhio, senza alibi né scappatoie, con piena rivendicazione di quelle tonalità emotive.

Altro esempio: *Maruzza Musumeci* di Camilleri (2007) narra la leggenda di un amore che non punta all'osmosi e al somigliarsi, anzi, si fa forte di divergenze e incompatibilità. L'autore siciliano descrive il matrimonio (con figli) tra una sirena e un contadino talassofobico, sullo sfondo della grande emigrazione in America, dell'avvento del fascismo e dello scoppio della Seconda guerra mondiale. Camilleri crede fino in fondo in quello che scrive e nelle scelte che compie, il suo non è un recupero freddo e ironico della fiaba, non è un esercizio basato su sfiducia e disincanto. L'uso dei riferimenti omerici non è distaccato, bensí partecipe e commosso.

Sia chiaro: il rifiuto della tonalità emotiva predominante nel postmoderno è un intento, non necessariamente un esito. Può darsi che un libro risulti «freddo» nonostante la passione investita dall'autore e a dispetto di tutti i tentativi di scaldare la materia. Può darsi che l'autore non abbia trovato il modo di trasmettere la passione al lettore. L'importante è che il tentativo si veda, che lo scarto (e dunque la passione) possa percepirsi. L'importante è che, nonostante l'insuccesso del risultato testuale, si riconosca un'etica *interna* al lavoro narrativo. È già un bel passo avanti. Quel che conta è che l'ironia perenne, il disincanto e l'alibi non siano teorizzati, e non vengano poi invocati per tappare i buchi.

5.2. «Sguardo obliquo». Azzardo del punto di vista.

La tematica dello «sguardo obliquo» è, nel New Italian Epic, quella dove piú si realizza la fusione di etica e stile.

Nel *corpus* del New Italian Epic si riscontra un'intensa esplorazione di punti di vista inattesi e inconsueti, compresi quelli di animali, oggetti, luoghi e addirittura flussi immateriali. Si può dire che vengano presi a riferimento – in contesti differenti e con diverse scelte espressive – esperimenti già tentati da Italo Calvino nei racconti cosmicomici o in *Palomar*. Ma procediamo con ordine.

Quasi tutti questi libri sono affollati di personaggi e nomi. A volte, come accade nei nostri romanzi, una singola opera conta piú di un centinaio di personaggi, e il punto di vista continua a slittare dall'uno all'altro grazie al vecchio espediente del «discorso libero indiretto», vecchio ma ancora in grado di sorprendere se usato al momento giusto e con la giusta intensità[19].

Tutto normale, non fosse che su queste fondamenta si erigono strani edifici.

---

[19] Discorso libero indiretto: adottare il punto di vista del personaggio pur continuando a scrivere in terza persona. Far sentire la sua voce senza virgolettarla. Ad esempio, l'uso del discorso libero indiretto in *Romanzo criminale* di De Cataldo è uno dei segreti della sua «presa»: trascorriamo ore del nostro tempo, anzi, intere giornate, dietro gli occhi e sulla lingua di questo o quel cri-

Cominciamo dal rapporto tra punto di vista e storia. Da quale «postazione» gli autori del Nie scelgono di guardare – e quindi di mostrare al lettore – il divenire storico? Quasi sempre dalla meno prevedibile.

Nel Ciclo del metallo di Evangelisti (1998-2003) la nascita del capitalismo industriale viene vista con gli occhi di Pantera, stregone del culto afrocubano noto come Palo Mayombe. La trilogia è una

> [...] indagine sulla disumanizzazione, la commistione tra carne e metallo, la pulsione di morte che porta il capitale a porsi come nemico assoluto di tutto ciò che è vivente. Lo stesso Freud descrisse la pulsione di morte come – citiamo a memoria – «nostalgia del mondo inorganico»[20].

Lo sguardo dai margini, il punto di vista inconsueto di Pantera, è quello che meglio riesce ad abbracciare la tendenza. Sulla forza storica che sta investendo il mondo, lo stregone ha idee piú chiare degli stessi marxisti e socialisti che gli capita di incontrare. Questo perché la magia nera gli consente di andare alla radice del male, di percepire «le forze oscure che stanno *dietro* il capitalismo»[21]. Pantera non può aver letto *Das Kapital* ma «legge» diret-

---

minale o poliziotto, sballottati di qua e di là per oltre seicento pagine fitte. Anche qui, la bravura dell'autore sta tutta nel non far vedere il lungo lavoro di aggiustamento della lingua. E infatti diversi recensori e commentatori on-line, immancabili all'appuntamento, hanno parlato di una lingua «semplice», «media», eccetera.

[20] Dalla breve recensione apparsa in «Nandropausa», n. 2, giugno 2002, wumingfoundation.com

[21] *Un grappolo di affermazioni apodittiche a proposito di «Antracite»*, apparso in www.miserabili.com e in «Nandropausa», n. 5, 3 dicembre 2003, wumingfoundation.com

tamente il capitale alla luce della teologia yoruba. Solo che

> [...] non può far niente per fermarne l'avanzata. Questione di rapporti di forza. Può soltanto produrre *spiazzamenti* locali e temporanei, impedire che i giochi si chiudano per tutti e dappertutto, mantenere vive le resistenze[22].

In *54*, l'Italia degli anni Cinquanta è descritta da un televisore di marca americana, un McGuffin Electric Deluxe rubato in una base della Nato, non funzionante ma dotato di coscienza. Animismo della tecnica. McGuffin viene continuamente rivenduto, passa di casa in casa e lentamente risale la penisola, da Napoli a Bologna. Lo schermo spento è la sua retina, la vita quotidiana si riflette sul vetro e lui la commenta: questo è un paese di barbari, voglio tornare a casa.

Nello stesso romanzo c'è un altro punto di vista bizzarro, quello di un locale pubblico, per essere precisi il bar *Aurora*, a Bologna. Il bar *Aurora* è un ritrovo di comunisti, partigiani, vecchi antifascisti a suo tempo mandati al confino, ma anche giovani che passano prima di andare a ballare, gente che viene solo per giocare la schedina, varia umanità. Nei capitoli del bar c'è la prima persona plurale, un «noi narrante», ma il punto di vista non corrisponde a quello di nessun avventore. È il bar stesso che parla, quel «noi» è la sua voce collettiva, la media alge-

---

[22] In «Nandropausa», n. 5, 3 dicembre 2003, wumingfoundation.com. La piú compiuta trattazione del Ciclo del metallo si trova in L. Somigli, *Valerio Evangelisti*, Edizioni Cadmo, Fiesole 2007.

brica dei punti di vista di tutti quelli che lo frequentano[23].

Mutatis mutandis, ho ritrovato qualcosa del genere nel punto di vista «sovraccarico» di *Gomorra*, che tanto contribuisce all'impatto del libro. Chi è l'io narrante di *Gomorra*? Di chi è il suo sguardo? Sempre dell'autore? Estrapolo dalla mia recensione di due anni fa il brano in cui trattavo quest'aspetto:

> È sempre «Roberto Saviano» a raccontare, ma «Roberto Saviano» è una sintesi, flusso immaginativo che rimbalza da un cervello all'altro, prende in prestito il punto di vista di un molteplice [...] «Io» raccoglie e fonde le parole e i sentimenti di una comunità, tante persone hanno plasmato – da campi opposti, nel bene e nel male – la materia narrata. Quella di *Gomorra* è una voce collettiva che cerca di «carburare lo stomaco dell'anima», è il coro un po' sgangherato di chi, nella terra in cui il capitale esercita un dominio senza mediazioni, àncora a una «radice a fittone» il coraggio di guardare in faccia quel potere.
>
> [...] Si badi bene, non intendo dire che Saviano non ha *vissuto* tutte le storie che racconta. Le ha vissute tutte, e ciascuna ha lasciato un livido tondo sul petto... Ma un'attenta lettura del testo permette di distinguere diversi gradi di prossimità.
>
> A volte Saviano è dentro la storia fin dall'inizio e la conduce alla fine, protagonista intelligibile del viaggio iniziatico. «Io» è l'autore e testimone oculare, senz'ombra di dubbio.
>
> Altre volte Saviano si immedesima e *dà dell'io a qualcun altro* di cui non svela il nome (amico, giornalista, poliziotto, magistrato).

---

[23] Si tratta di forzare e allargare la figura retorica detta «fallacia patetica», che consiste nell'attribuire sentimenti o pensieri umani a cose, astri, eventi, fenomeni meteorologici, eccetera. Se usata con poco criterio, la fallacia patetica ha effetti nauseabondi. Se usata bene, fa volare: «Mi muovo in un paesaggio dove la Rivoluzione e l'Amore accendono, di concerto, stupende prospettive, tengono discorsi sconvolgenti» (René Char).

Altre volte ancora s'inserisce a metà o alla fine di una storia per darle un urto, inclinarla o rovesciarla, spingerla contro il lettore.

[...] Ha importanza, a fronte di ciò, sapere se davvero Saviano ha parlato con Tizio o con Caio, con don Ciro o col pastore, con Mariano il fan di Kalashnikov o con Pasquale il sarto deluso? No, non ha importanza. Può darsi che certe frasi non siano state dette proprio a lui, ma a qualcuno che gliele ha riferite. Saviano, però, le ha ruminate tra le orecchie tanto a lungo da conoscerne ogni intima risonanza. È come se le avesse sentite direttamente. Di più: come se le avesse raccolte in un confessionale[24].

Dopo i punti di vista obliqui, «di sintesi» e/o di oggetti inanimati, un esempio ancora più estremo. Il romanzo di Giuseppe Genna *Grande madre rossa* (2004) inizia così:

> Lo sguardo è a diecimiladuecento metri sopra Milano, dentro il cielo. È azzurro gelido e rarefatto qui.
> Lo sguardo è verso l'alto, vede la semisfera di ozono e cobalto, in uscita dal pianeta. La barriera luminosa dell'atmosfera impedisce alle stelle di trapassare. C'è l'assoluto astro del sole sulla destra, bianchissimo. Lo sguardo ruota libero, circolare, nel puro vuoto azzurro.

---

[24] Recensione di *Gomorra* apparsa in «Nandropausa», n. 10, 21 giugno 2006. Riporto qui un passaggio omesso sopra: «Eccoci, seguiamo un personaggio un po' a distanza, nascosti, e a un certo punto arriva di taglio un "mi disse quando lo incontrai" (o qualcosa del genere). È uno zoom violento sul personaggio. Quest'ultimo si rivolge a Saviano, e grazie all'io narrante Saviano siamo noi. Come quando un attore getta un'occhiata all'obiettivo e ci fissa negli occhi. Zoom + sguardo nell'obiettivo: lo stratagemma narrativo ha un impatto incredibile. Si pensi alla cavalcata di don Ciro, il "sottomarino" che va a distribuire la "mesata" alle famiglie di detenuti (pp. 154-56): Saviano lo dice, sí, di averlo conosciuto, ma lo dice *en passant*, non ci facciamo troppo caso perché stiamo già appresso a don Ciro, gli andiamo dietro mentre si infila nei vicoli stretti, sale scale, percorre pianerottoli, ascolta lamentele. Partecipiamo al suo giro, ora siamo di fianco a lui, le buste di plastica piene di vettovaglie ci sfiorano le gambe, lo accompagniamo anche adesso che il giro è finito, trasognati... poi arrivano tre parole ("mentre gli parlavo"), e scopriamo che Saviano cammina con noi, anzi, che noi siamo lui. Tutto questo in due pagine».

Pace.
Lo sguardo punta ora verso il basso. Verso il pianeta. Esiste la barriera delle nuvole: livide. Lo sguardo accelera[25].

Lo sguardo... di chi?
Di nessuno, di niente. È uno sguardo disincarnato, una non-entità. È lo sguardo di uno sguardo. Cala giú in picchiata verso Milano, raggiunge il tetto di un edificio, lo penetra, cade a piombo attraverso tutti i piani, fora l'ultimo pavimento, raggiunge le fondamenta, *tocca* un ordigno esplosivo potentissimo e si dissolve al momento dello scoppio, mentre è ridotto a polvere il Palazzo di giustizia. Nel proseguimento del libro, di quello sguardo non vi è piú traccia e menzione, i personaggi ignorano che sia esistito. Unico testimone della sua apparizione e discesa, il lettore. Che potrebbe anche aver avuto un'allucinazione.

Quando, una sera d'ottobre del 1976, il comico americano Steve Martin esordí come ospite-conduttore di *Saturday Night Live*, entrò in scena tra gli applausi e attaccò: «Grazie! È bello essere qui». Poi indugiò, si spostò di mezzo passo piú a sinistra e disse: «No, è bello essere *qui*»[26].

Succede anche in questi libri: lo spostamento del punto di vista rende l'epica «eccentrica», in senso letterale. A volte basta mezzo passo, a volte si percorrono anni luce. L'eroe epico, quando c'è, non è al centro di tutto ma influisce sull'azione in modo sghembo. Quando non c'è, la sua funzione viene

---

[25] G. Genna, *Grande madre rossa*, Mondadori, Milano 2004, p. 11.
[26] Citato in R. Zoglin, *Comedy at the Edge: How Stand-up in the 1970s Changed America*, Bloomsbury, New York 2008, p. 136.

svolta dalla moltitudine, da cose e luoghi, dal contesto e dal tempo[27].

5.3. Complessità narrativa, attitudine *popular*.

Il New Italian Epic è complesso e popolare al tempo stesso, o almeno è alla ricerca di tale connubio.

Queste narrazioni richiedono un notevole lavoro cognitivo da parte del lettore, eppure in molti casi hanno successo di pubblico e vendite. Com'è possibile? I motivi sono due.

Il primo è che il pubblico è piú intelligente di quanto siano disposti a riconoscere, da una parte, un'industria editoriale che per sua natura tende ad abbassare e «livellare» la proposta e, dall'altra, gli intellettuali che demonizzano la *popular culture*[28].

---

[27] Gianni Biondillo, autore che finora ha lavorato su *detective stories* piú appartenenti al «canone» ma ha al suo attivo anche saggi sul rapporto tra scrittori e città, mette in atto nei suoi gialli interessanti «fughe» (nell'accezione resa popolare da Houdini) dalle manette e dai legacci di sottogenere. Ed è proprio la sperimentazione col punto di vista a permettergli di relegare ai margini della storia il suo personaggio seriale (l'ispettore Ferraro) o di farlo addirittura uscire dal quadro, come accade nel libro *Il giovane sbirro* (2007): «Ferraro è presente-assente, agisce al centro di alcune storie, risolve casi, ma altre storie si limita ad attraversarle, certi casi non solo non li risolve ma nemmeno ci indaga sopra, perché non ne è a conoscenza. Di alcune vicende narrate in *Il giovane sbirro*, il "protagonista" rimarrà sempre all'oscuro, vedi *Il signore delle mosche*, *La gita* e *Rosso denso e vischioso*. In *La gita*, addirittura, di Ferraro sentiamo solo la voce, per pochi istanti. Tutto il racconto si svolge senza di lui. Biondillo è andato anche piú in là, si è permesso di scrivere un libro (*Per sempre giovane*, 2006) che è parte del Ciclo di Ferraro, ma Ferraro non vi compare mai, né viene menzionato se non di sfuggita, a rischio che il lettore nemmeno lo riconosca» (recensione a firma Wu Ming 1, apparsa in «Nandropausa», n. 12, 2 luglio 2007).

[28] Cfr. S. Johnson, *Tutto quello che fa male ti fa bene. Perché la televisione, i videogiochi e il cinema ci rendono intelligenti*, Mondadori, Milano 2006. Wu Ming 2 ha parlato di questo libro in un articolo del gennaio 2007 di cui riporto alcuni passaggi: «A ben guardare, prima ancora dell'ipotesi, a essere inedita è la premessa metodologica dell'intero libro: mettiamo da parte il contenu-

Il secondo è che la complessità narrativa» non è ricercata a scapito della leggibilità. La fatica del lettore è ricompensata con modi soddisfacenti di risolvere problemi narratologici e scaricare la tensione. Da parte dell'autore c'è spesso il tentativo di usare in maniera creativa e non meccanica gli stratagemmi narrativi della *genre fiction*: anticipazioni, agnizioni, colpi di scena, *deus ex machina*, McGuffin, diversivi (*red herrings*), finali di capitolo sospesi (*cliffhangers*).

A questo proposito, cito un Taibo II d'annata:

> Si trattava (e si tratta) di accettare determinati codici di genere per poi violarli, violentarli, portarli al limite... e nel contempo sfruttare le risorse del romanzo d'avventura (gli

---

to, dice Johnson. Il punto non è se *Lost* sia di destra o di sinistra, arte o spazzatura. Può anche darsi che i prodotti della cultura di massa siano ormai un inferno di immoralità e abiezione, in qualsiasi settore; di certo, sono sempre piú complessi e diversi, ricchi di sfide per la mente, capaci di sviluppare il nostro desiderio innato di risolvere problemi (e non di narcotizzare i neuroni con un ambiente privo di stimoli). In una parola: intelligenti. Tutto questo non dipende dallo spirito filantropico di chi produce e vende intrattenimento. Il fatto è che una serie televisiva, un film, un videogioco o un reality incassano di piú se hanno trame intricate e spiazzanti, se stimolano discussioni, pongono interrogativi, lasciano spazio all'interpretazione e alla curiosità. Johnson suggerisce che due siano i principali motori di questa corsa al rialzo: i videoregistratori e la comunità dei fan. [...] Se la trama di *Lost* sfida il mio cervello come un labirinto, è perché ovunque mi volti trovo gomitoli di filo d'Arianna: posso registrare le puntate e rivedere i passaggi piú oscuri, comprare il cofanetto della serie, scaricarla dalla rete, dare un'occhiata ai forum di discussione dedicati e trovare risposta ai miei interrogativi. In un'èra di riproducibilità diffusa, minimizzare il dubbio non è piú la strategia vincente. Servono storie che meritino di essere raccontate piú di una volta e dunque largo alla complessità, alle sottotrame, ai buchi e ai rimandi incrociati [...]. Il secondo fattore che spinge l'intrattenimento verso strutture narrative sempre piú articolate sarebbe, secondo Johnson, l'invadenza del pubblico, la richiesta pressante di poter interagire con i prodotti culturali, di essere consumatori partecipi e non solo passivi [...]. Ragazzini di nazionalità diverse che ogni giorno pubblicano in rete la cronaca di Hogwarts, tutta interna al mondo di Harry Potter; registi in erba che girano il loro episodio di *Guerre stellari* e lo diffondono su YouTube o Google Video; squadre di esegeti che cercano di ricostruire l'albero genealogico di *The Sopranos*; smanettoni che modificano il codice di un videogame con Lara Croft per far girare alla protagonista una clip sexy...» (Wu Ming 2, *Create nuovi mondi, nutrirete il cervello*, in «l'Unità», 13 gennaio 2007).

elementi comuni alla letteratura d'azione: mistero, complessità dell'intreccio, peripezie, forte presenza aneddotica) [...]. [Lo scrittore] si siede alla tastiera e non lo dice a voce alta, ma sotto sotto pensa che non ne può piú di esperimenti, che bisogna raccontare storie, un sacco di storie e che la sperimentazione, negli ultimi anni diventata fine a se stessa, deve mettersi al servizio della trama: rammendo invisibile nella cucitura [...]. Perché sa che, in tempi come questi, il mestiere di un narratore consiste nel raccontare molto e, *en passant*, inventare miti, creare utopie, ergere architetture narrative estremamente ardite, ricreare personaggi al limite della verosimiglianza[29].

5.4. Storie alternative, ucronie potenziali.

L'ucronia («non-tempo») è un sottogenere nato nella fantascienza, evoluzione dei romanzi su macchine del tempo e paradossi temporali. Nel corso degli anni l'ucronia ha oltrepassato i confini della «paraletteratura», e vi hanno fatto ricorso scrittori non «di genere» come Philip Roth (*Il complotto contro l'America*), Michael Chabon (*Il sindacato dei poliziotti yiddish*) e altri.

Una narrazione «ucronica» parte dalla classica domanda «what if»: cosa sarebbe accaduto se il mancato prodursi di un evento (per esempio la sconfitta di Napoleone a Waterloo, l'attacco a Pearl Harbor, la controffensiva di Stalingrado) avesse prodotto un diverso corso della storia? L'esempio piú comune di romanzo ucronico è *L'uomo nell'alto castello* di Philip K. Dick, che si svolge negli anni Ottanta del XX secolo, ma in un *continuum* temporale in cui i nazisti

[29] P. I. Taibo II, *Verso una nuova letteratura poliziesca d'avventura?*, in *Te li dò io i Tropici*, Tropea, Milano 2000, p. 334.

hanno vinto la Seconda guerra mondiale. Premessa molto simile a quella di *Fatherland* di Robert Harris.

In realtà il termina «ucronia» è impreciso e dà adito a equivoci. Con questo significato è molto frequente in francese e in italiano, mentre in inglese lo si usa – forse con maggiore rispetto dell'etimologia – per storie ambientate in un'epoca mitica e imprecisata, senza segnali che permettano di collocarla prima o dopo il *continuum* storico in cui viviamo. Secondo quest'accezione, la trilogia di *Il Signore degli anelli* si svolge in un'ucronia, un «non-tempo». Per definire romanzi come *Fatherland*, l'inglese ricorre invece all'espressione *alternate history fiction*.

Alcuni dei libri che definiscono o affiancano il New Italian Epic fanno «storia alternativa» in modo esplicito. *Havana Glam* di Wu Ming 5 (2001) si svolge negli anni Settanta di un *continuum* parallelo in cui David Bowie è un simpatizzante comunista. *Il signor figlio* di Alessandro Zaccuri (2007) immagina la vita di Giacomo Leopardi a Londra dopo il 1837, anno in cui simulò la propria morte per infezione da colera.

Tuttavia, ed è questo il punto da tenere presente, diverse delle opere che ho preso in esame hanno premesse ucroniche *implicite*: non fanno ipotesi «controfattuali» su come apparirebbe il mondo prodotto da una biforcazione del tempo, ma riflettono sulla possibilità stessa di una tale biforcazione, raccontando momenti in cui molti sviluppi erano possibili e la storia *avrebbe potuto* imboccare altre vie. Il *what if* è potenziale, non attuale. Il lettore deve avere l'impressione che in ogni istante molte cose possano accadere, dimenticare che «la fine è nota», o comunque vedere il *continuum* con nuovi occhi (e qui torna il discorso sullo sguardo).

«*What if* potenziale». L'esistenza nella valle del Mohawk, prima della rivoluzione americana, di una comunità mista anglo-«irochirlandese» è un'ucronia implicita, possibilità nascosta – non importa quanto remota – di una biforcazione del nostro *continuum*.

«Vedere il *continuum* con nuovi occhi». Il romanzo *Medium* di Giuseppe Genna (2007) parte dal racconto – dettagliato e fedele alla realtà – della morte del padre dell'autore. Dal secondo capitolo, la narrazione comincia a divergere, a biforcarsi. E se il viaggio di Vito Genna in Germania Est nell'82 non fosse stato una semplice gita organizzata dal Pci? Se i riferimenti ai paesi d'oltrecortina nei libri del «fanta-archeologo» Peter Kolosimo (autore popolarissimo negli anni Settanta) fossero stati segnali in codice? Il libro, partito col piede cronachistico e realistico, culmina in descrizioni del futuro della specie e del pianeta, «rapporti di visualizzazione» prodotti da un circolo di medium al servizio del governo di Honecker. Immaginando un mondo parallelo in cui suo padre aveva un'altra vita, e chiedendosi come avrebbe elaborato il lutto in un caso simile, Genna omaggia il genitore qui, oggi, nel nostro piano di realtà, e in questo modo elabora il lutto.

Wu Ming 2 è qui, accanto a me, e chiede la parola: «Potrebbe essere interessante, sempre per vedere le radici "sociali" delle scelte "artistiche", suggerire come l'invasione delle ucronie sia probabilmente un prodotto dell'invasione di gioco e simulazione (videogiochi, modelli scientifici, mappe digitali...) Dove per "gioco" si intende la capacità di *sperimentare con l'ambiente come forma di problem-solving*, mentre per "simulazione" l'abilità di *interpretare e costruire modelli di processi reali*».

5.5. Sovversione «nascosta» di linguaggio e stile.

Molti di questi libri sono sperimentali anche dal punto di vista stilistico e linguistico, ma la sperimentazione non si nota se si leggono le pagine in fretta o distrattamente. Sovente si tratta di una sperimentazione *dissimulata* che mira a sovvertire dall'interno il registro linguistico comunemente usato nella *genre fiction*.

Di primo acchito lo stile appare semplice e piano, senza picchi né sprofondamenti, eppure rallentando la velocità di lettura si percepisce qualcosa di strano, una serie di riverberi che producono un effetto cumulativo. Se si presta attenzione al susseguirsi di parole e frasi, gradualmente ci si accorge di un «formicolio», un insieme di piccoli interventi che alterano sintassi, suoni e significati.

Un esempio di intervento «nascosto» è l'estirpazione da un testo di un aggettivo indefinito (per esempio «tutto», «tutta», «tutti»), o degli avverbi con desinenza in *-mente*, o addirittura delle particelle pronominali («mi», «ti», «vi», eccetera) anche dove irrinunciabili, come nei verbi riflessivi. Una recensione inglese del nostro romanzo *Q* soffermava sulla «tendenza a togliere i verbi nelle descrizioni di combattimenti, nel tentativo abbastanza riuscito di rendere la confusione e la velocità dell'azione»[30].

A proposito delle scene di battaglia in *Q*, nessuno si è soffermato su una frase come «Polvere di sangue e sudore chiude la gola», che pure ha una collocazione vistosa (prima parte, cap. 1, terza riga). Leggetela bene: è priva di senso. In origine la frase era: «Polvere, sangue e sudore chiudono la gola», poi Wu Ming 3 propose di incidentarla, e tutti convenimmo che nella versione «sbagliata» funzionava meglio.

[Cos'è questo, un anacoluto? A rigore non lo è, perché la frase non presenta anomalie sintattiche.]

Un altro esempio di intervento è il «sovraccarico» di una parola fino a smuoverla dal proprio alveo semantico e investirla di nuove connotazioni.

Hitler di Giuseppe Genna (2008) è un romanzo biografico sul Führer, che in realtà è spesso assente dalle pagine e, quando appare, viene descritto come un povero idiota. Tra urti e sussulti ne seguiamo a

---

[30] Recensione apparsa sul sito threemonkeysonline.com, ottobre 2004. Siamo oltre il semplice «stile nominale», ovvero basato sui sostantivi a scapito dei verbi. È invece il caso specifico di un fenomeno piú generale. In molte opere Nie si riscontra un grosso lavoro sulla «paratassi» (il periodare senza subordinate), sul disporre le frasi per sequenze dai legami impliciti, in modo da produrre piccole ellissi, microscosse nel passaggio da una frase all'altra. In assenza di giunture esplicite, spetta al lettore ricostruire i nessi, intuire perché proprio la tal frase segua la tal altra. Questo vale anche su scala piú grande: al lettore è richiesto di orientarsi nel succedersi straniante e «centrifugo» dei capoversi, dei paragrafi, dei capitoli. Tale «fatica cognitiva», in alcuni passaggi, è richiesta pure al lettore del presente memorandum.

Un romanzo in cui il lavoro sui nessi impliciti è portato alle estreme conseguenze è il già citato *La visione del cieco* di De Michele (Einaudi, Torino 2008), romanzo molto azzardato e sperimentale. Qui il «sovvertimento sottile» si manifesta anche nella totale scomparsa del verbo «essere», mai utilizzato in alcun modo, tempo, coniugazione... se non nella «dichiarazione di poetica» a p. 237, affidata a un dialogo tra l'ex poliziotto Andrea Vannini e il già menzionato personaggio-manifesto, Cristiano Malavasi: «Mai piaciuto quel verbo lí, – mormora Cristiano [...], – immobilizza la vita, fissa il movimento come un ago dentro l'insetto pronto per la teca. Una vita sottovetro...»

intermittenza la parabola, dal concepimento alla morte... e oltre, poiché vediamo cosa accade all'anima dopo che il corpo è morto nel bunker. Lungo il libro, l'autore ripete *ad nauseam* il verbo «esorbitare», che significa eccedere, superare i limiti, ma in senso piú stretto significa «uscire dall'orbita». Ogni volta che si compie una svolta nella vita di Hitler (e sono tantissime), ogni volta che Hitler – grazie all'idiozia, piaggeria e inettitudine altrui – riesce a ottenere un risultato e salire su un nuovo *plateau*, Giuseppe Genna scrive: «Hitler esorbita»; «Il nome di Adolf Hitler è pronto a esorbitare»; Hitler stesso lo pensa: «Io esorbito»; e anche Eva Braun «vorrebbe esorbitare»; e anche i sogni di celebrità di Leni Riefenstahl, anche quelli «esorbitano»; e l'esorbitare di Hitler è anche preventivo, «contro la Russia marxista che potrebbe esorbitare», e cosí via. L'uso del verbo è talmente insistito che, terminata la lettura, diviene impossibile leggerlo altrove senza pensare a Hitler[31]. Chi ha letto il libro, che lo abbia

---

[31] E non è finita qui, perché a un livello ancor piú occulto, esoterico, questa «uscita dall'orbita» è in risonanza con almeno altri due riferimenti «astrali», quelli nascosti nelle parole «desiderare» (*sidera* in latino sono le stelle, *de-* è il prefisso dell'allontanamento, ergo «essere lontani dalle stelle», non avere doni da esse, ergo essere mancanti di qualcosa) e «disastro» (*dis-aster*, cioè qualcosa che va storto con la tua buona stella). Ogni volta che Hitler, guidato dal proprio desiderio, esce dalla vecchia orbita e ne occupa una nuova, avvicina l'umanità al disastro, quello per eccellenza.

Genna ripete il procedimento su ogni possibile scala, si può dire che questo lavoro sia alla base di tutto il suo scrivere. In *Dies irae* (2006), al livello della fabula, Genna compie sulla vicenda di Alfredino Rampi lo stesso lavoro riscontrabile a livello lessicale nell'esempio tratto da *Hitler*: fa esplodere le connotazioni, lo scoppio ci proietta oltre l'uso consueto del verbo o la memoria consueta della vicenda, e stende un campo minato per chiunque voglia tornare indietro e ristabilire l'uso convenzionale. Dopo aver letto *Hitler*, non è piú possibile pensare il verbo «esorbitare» senza che la memoria ripeschi e rimetta in gioco tutte le connotazioni che gli ha dato Genna; dopo aver letto *Dies irae* non è piú possibile pensare la morte di Alfredino senza che la memoria vada all'allegoria ricavatane da Genna.

apprezzato o meno, collegherà per sempre «esorbitare» al nazismo, all'Imbianchino, alla Shoah.

Un intervento che sta nell'intersezione di sperimentazione «nascosta» e lavoro sul punto di vista (cfr. il punto 2) lo troviamo nel romanzo *La vita in comune* di Letizia Muratori (2007), epopea trentennale di una famiglia allargata italo-eritrea a cavallo di quattro nazioni e due continenti. Mandando a capo il verbo dichiarativo («disse», «rispose», eccetera), Muratori inserisce un lieve ritardo nell'attribuzione delle battute di dialogo. Ogni volta, per un millisecondo, la frase esclamata rimane fluttuante, a metà tra discorso diretto libero e discorso diretto legato.

> – Ah, ecco, sei tornato, bene.
> Mi disse Isayas, in piedi davanti alla reception.
> – Preparati che ce ne andiamo, hanno telefonato. È tutto risolto.
> Concluse. E chiese al filippino di preparargli il conto.
> – È già stato saldato, tutto.
> Rispose.
> – Chi l'ha saldato? Non è possibile.
> Lo aggredí Isayas[32].

Altro esempio di intervento è l'improvvisa rinuncia alla discrezione, con l'inserimento di una figura retorica vistosa, o piú figure retoriche vistose in sequenza, come quando un mulinello diviene tromba d'aria e per pochi minuti sconvolge la quiete di una giornata placida. Si pensi alle allitterazioni nel già citato *Nelle mani giuste* di De Cataldo, «finto» sequel di *Romanzo criminale*: dopo pochi capitoli, appena addentro il libro, il lettore ha già capito che l'auto-

---

[32] L. Muratori, *La vita in comune*, Einaudi, Torino 2007, p. 87.

re sta usando la lingua in modo strano, ma tutto è ancora camuffato nel registro medio. Poi arriva la pagina 35 e chi legge si trova sotto una pioggia di *cluster bombs* lessicali, grandinata di allitterazioni come «omuncoli ossequiosi ostacolati» e «orridi orifizi ornati». Dura due minuti, poi finisce, e nulla del genere si ripete fino alla fine del libro.

In compenso esplodono molti altri ordigni[33]. Ciononondimeno, la maggior parte delle persone a cui ho chiesto di definire la lingua usata da De Cataldo in questo romanzo ha usato aggettivi come «semplice», «chiara», «diretta». Sperimentazione dissimulata, cucitura invisibile.

5.6. Oggetti narrativi non-identificati.

I libri del New Italian Epic, durante la loro genesi, possono avere uno sviluppo «aberrante» e nascere con sembianza di «mostri»[34].

Oppure, cambiando metafora: il New Italian Epic a volte abbandona l'orbita del romanzo ed entra nell'atmosfera da direzioni impredicibili: «Ehi, cos'è quello? È un uccello? No, è un aereo! No, un momento... È Superman!» Assolutamente no. È un oggetto narrativo non-identificato.

---

[33] Per una trattazione piú approfondita delle figure retoriche nel libro di Giancarlo De Cataldo, cfr. «Nandropausa», n. 12, 2 luglio 2007, in wumingfoundation.com

[34] *Possono*. Succede. Alcune opere Nie diventano oggetti narrativi non-identificati. Le altre sono romanzi-romanzi, romanzi romanzeschi, «romanzoni». Peculiari, inattesi, bizzarri romanzi, perché il romanzo (non soltanto in Italia) non è mai stato cosí vivo. A ogni modo, anche gli oggetti narrativi di oggi saranno considerati romanzi domani. La forma-romanzo ha contorni piú sfumati di quel che sembra, si espande e coopta quel che trova intorno.

Fiction e *non-fiction*, prosa e poesia, diario e inchiesta, letteratura e scienza, mitologia e *pochade*. Negli ultimi quindici anni molti autori italiani hanno scritto libri che non possono essere etichettati o incasellati in alcun modo, perché contengono quasi tutto. Come dicevo sopra (cfr. il punto 1), «contaminazione» è un termine inadatto a descrivere queste opere. Non è soltanto un'ibridazione «endoletteraria», entro i generi della letteratura, bensí l'utilizzo di *qualunque cosa* possa servire allo scopo. E non è nemmeno un semplice proseguire la tradizione della «letteratura di *non-fiction*», opere come *Se questo è un uomo* o *Cristo si è fermato a Eboli*. Quei libri non erano «mostri», non erano prodotti di un'aberrazione.

Oggi dobbiamo registrare l'inservibilità delle definizioni consolidate. Inclusa, come si diceva, quella di «postmoderno», perché qui l'uso di diversi stilemi, registri e linguaggi non è filtrato dall'ironia fredda nei confronti di quei materiali. Non sono operazioni narratologiche, ma tentativi di raccontare storie nel modo che si ritiene piú giusto.

Un tentativo non molto riuscito di «ibridazione esoletteraria» fu il nostro *Asce di guerra* (2000), scritto insieme a Vitaliano Ravagli[35], a cui lavorammo senza porci alcun problema di distinzione tra narrativa, memorialistica e saggistica.

Capita spesso: gli UNO sono esperimenti dall'esito incerto, malriusciti perché troppo tendenti all'informe, all'indeterminato, al sospeso. Non sono

---

[35] Cfr. la premessa e la postfazione alla riedizione del 2005, Einaudi Stile libero. Scaricabile su wumingfoundation.com

piú romanzi, non sono già qualcos'altro. Ma è necessario che gli esperimenti si facciano, non che riescano sempre. Anche un fallimento insegna, anche un fallimento può essere interessante. È il caso di *Sappiano le mie parole di sangue* di Babsi Jones, nella definizione dell'autrice un «quasi-romanzo». Si svolge in Kosovo dal 1999 in poi, con alcune puntate all'indietro, nel Medioevo e su altri piani temporali. È un'opera all'incrocio tra divulgazione storica, romanzo agit-prop e prosa poetica di controinformazione, con innumerevoli citazioni e allusioni ad *Amleto*. Il tema è la pulizia etnica nei Balcani, non da parte dei serbi, ma contro di loro[36].

Un oggetto narrativo che *non* è stato un fallimento è *Gomorra*. Sul lavoro di Saviano ha avuto un'in-

[36] Sia chiaro: è l'autrice stessa, nel libro, a parlare del proprio fallimento. Il «fallire» è previsto, necessario al compimento dell'opera. Cito dalla doppia recensione (botta-e-risposta tra Wm1 e Wm2) apparsa in «Nandropausa», n. 13, 13 dicembre 2007, wumingfoundation.com: «La vendetta di Amleto nasce dalla frustrazione del tentativo di coltivare il dubbio, ed è vendetta disperante, svuotata di ogni possibilità catartica. In concreto, Amleto cosa fa? Allestisce una rappresentazione teatrale. Ricorre all'arte, sperando che qualcuno capisca. Babsi Jones fa la stessa cosa con questo libro. E fa dire ad Amleto: "Non volevo vendicare mio padre: volevo conoscerlo. Fui deluso, scoprendo che c'era un solo modo per comprendere lo spettro: vendicarlo" (p. 250). Amleto è deluso, deluso perché le circostanze lo costringono alla vendetta, distogliendolo dalla comprensione. Ed è quindi Babsi, tramite lui, a dirsi delusa perché il libro le sfugge di mano, perché la collera è troppa e travolge i dubbi, travolge i dati, travolge tutto. In una simile condizione, "fallire un po' meglio" (p. 100) è il massimo che si possa ottenere [...] SLMPDS è "tutte le nenie morte, e zero narrativa" (p. 27), le parole utilizzate sono già "massa morta" (p. 99), l'autrice "sta facendo fatica a tentare di" (p. 102), l'autrice ammette: "Mi immaginavo forte e non lo sono" (p. 199), l'autrice che "recita Amleto quando recita Amleto quando è molto, molto stanco" (p. 252), tra "picchi del dramma e cadute di stile" (p. 252). Eppure sceglie di usarle, le parole. Nella sfiducia come condizione fondante, si decide comunque di agire, e addirittura di osare, di sperimentare. Ringraziamo Babsi Jones per "averci provato", e anche per aver "fallito". La sfera pubblica ha bisogno di "fallimenti" come questo. Ciascuno di noi può imparare da questo conflitto tra dubbio e vendetta, dispiegato sulle pagine in tutta la sua virulenza. Ce ne fossero di piú, di libri cosí. Potesse ogni menzogna che ci viene ammannita produrre tentativi come questo. Potesse un simile coraggio essere moneta corrente, moneta buona che scaccia la cattiva».

dubbia influenza la scrittrice Helena Janeczek, non soltanto perché è stata l'editor del libro, ma anche perché coi suoi seminali *Lezioni di tenebra* (1997) e *Cibo* (2002) ha esplorato cifre, tonalità e sconfinamenti di cui l'autore di *Gomorra* ha saputo far tesoro. *Cibo*, ad esempio, passa repentinamente dalla narrativa (racconti sul mangiare e sui disturbi alimentari fatti da diversi personaggi alla loro massaggiatrice) alla saggistica (una lunga trattazione su encefalite spongiforme bovina e sindrome di Creutzfeldt-Jakob)[37].

5.7. Comunità e transmedialità.

Ogni libro del New Italian Epic è potenzialmente avvolto da una nube quantica di omaggi, *spin-off*

---

[37] L'inserimento di *Cibo* in questa trattazione vuole essere un riferimento alla *fuga dal letterario* che a un certo punto sgambetta il libro di Helena Janeczek e lo precipita nell'incollocabile (tanto che l'editore non prende posizione: in copertina manca la dicitura «romanzo», non rimpiazzata da alcunché). Per tutto il libro la lingua è sorvegliata e mossa, com'è tipico di Janezck (parliamo di un'autrice che viene dalla poesia). Poi arriviamo alla sezione finale, intitolata *Bloody Cow: quasi un epilogo morale*. Le prime pagine sono ancora racchiuse nell'orizzonte stilistico appena ammirato, dopodiché, pian piano... «Il medico, rivedendola, somministra antidepressivi piú potenti facendola inoltre visitare dal servizio psichiatrico comunale, dove l'infermiera incaricata suggerisce la stesura di un diario come appiglio ed esercizio per la paziente nonché strumento di monitoraggio per chi la segue [...]. Dopo nove giorni cadenzati da telefonate rassicuranti, lo psichiatra comunica ai genitori di aver sospeso il programma terapeutico perché molto preoccupato per le condizioni fisiche della paziente. Trovano Clare coperta di abrasioni dovute a sfregamenti contro la moquette, con zone di lividi su gambe, braccia e mani, al centro delle quali, vale a dire intorno ai gomiti e alle ginocchia, si irradia una serie di tagli causati, spiega il personale medico, dalle molte volte in cui...» Non c'è la minima traccia di letteratura in queste pagine, che aberrano, «mostrificano» il libro «in zona Cesarini». L'ho chiamata saggistica ma è dossieristica, è la lingua dei programmi Tv di divulgazione sanitaria, la lingua dei Pdf che scarichi dai siti di informazione medica. Non ho dubbi sul fatto che questa precipitazione linguistica sia stata una scelta e non una svista. Non voglio dire che *Cibo* sia Nie, ma di certo tende all'UNO, chiama l'UNO a gran voce, anticipa scelte. Negli anni a seguire questa *fuga dal letterario* sarà praticata in lungo e in largo da diversi autori.

e narrazioni «laterali»: racconti scritti da lettori (*fan fiction*), fumetti, disegni e illustrazioni, siti web, canzoni, addirittura giochi in rete o da tavolo ispirati ai libri, giochi di ruolo coi personaggi dei libri e altri contributi «dal basso» alla natura aperta e cangiante dell'opera, e al mondo che vive in essa. Questa letteratura tende – a volte in modo implicito, altre volte dichiaratamente – alla *transmedialità*[38], a esorbitare dai contorni del libro per proseguire il viaggio in altre forme, grazie a comunità di persone che interagiscono e creano insieme. Gli scrittori incoraggiano queste «riappropriazioni», e spesso vi partecipano in prima persona. Talvolta i progetti sono pensati direttamente come transmediali, già superano i contorni del libro, proseguono in rete (ma-

[38] «Transmediale» è diverso da «multimediale». «Multimediale» non suscita il mio interesse, e non lo suscita perché – come già «contaminazione» – è un pleonasmo. Oggi tutto quanto è multimediale, tutto l'immaginario è multimediale, anche le scritture più legate a uno specifico letterario subiscono a vari gradi l'influenza di ciò che avviene negli altri media, basti pensare a come il computer e la rete hanno cambiato l'approccio allo scrivere, inteso proprio come atto materiale, sequenza di gesti, apertura di possibilità: scrittura ricorsiva, tagliare e incollare, «cestinare» senza distruggere il supporto, subitanea ricerca di conferme o smentite, eccetera. «Transmediale» (cfr. H. Jenkins, *Cultura convergente*, Apogeo, Milano 2007) è la storia che prosegue in modi ulteriori, il mondo di un libro che si estende su altre «piattaforme». Non meri «adattamenti» della stessa storia, come avviene coi film tratti da romanzi, ma una storia che sconfina, si evolve e prosegue con altri mezzi e linguaggi.

Un'obiezione tipica: che ne è del valore artistico, estetico, letterario? La maggior parte di questi «omaggi» transmediali amatoriali (video su YouTube, fumetti, racconti, eccetera) sono di scarso interesse e spessore.

È un errore giudicare l'interazione tra membri di una comunità solo in base alla qualità dei risultati (che tra l'altro è pure questione di gusti). Il premio è la virtù stessa, importante è che si collabori e comunichi. Altrimenti perché tutte le analisi sulla tessitura comunitaria dei *quilt* (coperte a patchwork) nella cultura rurale americana come momento determinante per la socializzazione e la riproduzione di una soggettività femminile? Porre l'accento soltanto sulla qualità della *fan fiction* è come sindacare sui colori scelti per un *quilt* senza guardare cosa succede intanto e intorno. Solo una volta riconosciuto il valore dell'interazione è possibile e lecito criticarne gli esiti.

nituana.com, slmpds.net) o escono abbinati a Cd con colonna sonora (*Cristiani di Allah*), eccetera. Gli esempi sono numerosi, soprattutto intorno ad autori come Valerio Evangelisti, noi Wu Ming, Massimo Carlotto. Per quanto ci riguarda, dobbiamo molto del nostro approccio alle intuizioni di Stefano Tassinari, scrittore, giornalista e organizzatore culturale che da anni propone o sperimenta in prima persona ogni possibile connubio tra letteratura, musica e teatro[39].

In uno scritto del 2007, Wu Ming 2 e io stabilivamo un parallelo con la natura «disseminata» della mitologia greca, la quale

> [...] ha un carattere plurale e policentrico. La versione piú celebre di ciascun episodio coesiste e s'incrocia con tante versioni alternative, sviluppatesi ciascuna in una delle molte comunità del mondo greco, cantate e tramandate dagli aedi locali. Aedi che non sono una casta chiusa, a differenza di quanto avviene nelle civiltà piú a Oriente: i rapsodi

---

[39] Al giro di boa del secolo eravamo reduci dal Luther Blissett Project. L'Lbp era quanto di piú transmediale si potesse immaginare, ma lo era in maniera caotica, «rizomatica» e non organizzata. Il passaggio da un medium all'altro poteva avvenire in qualunque punto e in qualunque momento, e le pratiche testuali erano vissute come intercambiabili: una trasmissione radiofonica valeva una performance di strada, una beffa mediatica valeva un libro. La stesura di *Q* (1995-98) era certo di grande importanza strategica, ma la forma-romanzo era vista come una delle tante forme utilizzate da Blissett. Una volta sciolto l'Lbp e fondato il collettivo Wu Ming, ci ponemmo il problema di come continuare a essere transmediali, ma stavolta partendo dallo specifico della scrittura, della letteratura, del raccontare storie. L'attività di scrittori e la forma-romanzo dovevano essere al centro del progetto. Senza pensarci troppo, iniziammo a guardarci intorno. Le pratiche *mixed-media* di Stefano Tassinari, l'incisione di album poetico-musicali come *Lettere dal fronte interno* (Moby Dick, 1997), l'esempio reiterato di happening al cui centro stava salda la letteratura, la frequentazione della rassegna *La parola immaginata* (che Tassinari organizza da molti anni al teatro Itç di San Lazzaro di Savena), tutto questo ci diede spunti per riorganizzarci. È significativo che l'album *54* degli Yo Yo Mundi (2004), ispirato al nostro omonimo romanzo, sia nato su idea e iniziativa di Tassinari, come evento nell'ambito di *La parola immaginata*.

greci non sono detentori esclusivi della facoltà di raccontare e tramandare, né selezionatori – autorizzati da un potere centrale – delle versioni «ufficiali» di ciascuna storia. La civiltà che si riorganizza dopo il crollo del mondo miceneo è (letteralmente) un arcipelago di città-stato, il potere è frammentato e non può garantire l'unitarietà del sapere né condensare l'immaginario a proprio uso e consumo. Le storie iniziano a cambiare e divergere, a diramarsi e intrecciarsi. [...] quasi ogni personaggio dei miti greci (e sono migliaia) si muove in un grande gioco di rimandi. Inoltre, dall'*Iliade* partiva un grande ciclo epico oggi perduto: oltre all'*Odissea* esistevano altri *nóstoi* (poemi sui ritorni degli eroi da Troia). Dèi dell'Olimpo e reduci di Ilio erano protagonisti di tanti altri episodi, che con ogni probabilità incrociavano e perturbavano altre storie. Già cosí, i dizionari di mitologia classica sono vorticosi ipertesti, ed è forse la piú importante eredità lasciataci dagli aedi: un precedente che aiuta ad allontanare e capire meglio l'odierno *transmedia storytelling* alimentato dalla rete. Lo scrittore Giuseppe Genna incita spesso i suoi colleghi – almeno quelli che sente piú vicini alla sua sensibilità – a considerare le loro narrazioni *nóstoi* di un grande ciclo epico potenziale, unico e molteplice, coerente e divagante[40].

L'una o l'altra di queste caratteristiche, in isolamento o variamente ricombinate, si riscontrano anche in opere molto distanti dal campo elettrico del New Italian Epic, ma in assenza della prima (cioè sono opere ancora dentro il postmoderno) e/o di piú della metà delle altre: sganciano la lingua dalla narrazione, non hanno un approccio «popolare» o adottano punti di vista meno obliqui.

---

[40] Wu Ming 1 e Wu Ming 2, *Mitologia, epica e creazione pop al tempo della rete*, 29 dicembre 2007, wumingfoundation.com

6. *A, B e C.*

Che cos'è un'allegoria?

La risposta piú antica, ma anche la piú triviale, dice che l'allegoria è un espediente retorico. La parola deriva dall'accostamento di due termini greci, *allos* (altro) ed *egorein* (parlare in pubblico). «Parlare d'altro», o «un altro parlare». Dire una cosa per dirne un'altra. Raccontare una storia che in realtà è un'altra storia, perché i personaggi e le loro azioni sostituiscono altri personaggi e azioni, oppure personificano astrazioni, concetti, virtú morali. La Giustizia è una signora bendata che sorregge una bilancia; il peccatore da non abbandonare a se stesso è una pecora smarrita; se la pecora smarrita si ravvede, diventa un figliol prodigo che torna a casa; la formica rappresenta lavoro, frugalità e risparmio, mentre la cicala rappresenta ozio, sperpero e incoscienza, eccetera.

Siamo al piú basso e comprensibile livello di definizione dell'allegoria: c'è una relazione binaria tra ciascuna immagine e ciascun significato, corrispondenza biunivoca e precisa. È l'allegoria «a chiave». Trovando quest'ultima, si apre la porta.

Una forma comune di allegoria a chiave è quella storica: si raccontano fatti di un'altra epoca alludendo a quanto avviene nel presente.

Il film *300* mostra Spartani e Persiani, mostra Leonida che combatte alle Termopili, ma parla dello «scontro di civiltà» di oggi, parla della *war on ter-*

ror di George W. Bush[41]. L'allegoria storica è un insieme di corrispondenze tra il passato descritto nell'opera e il presente in cui l'opera è stata creata.

Le allegorie a chiave sono piatte, rigide, destinate a invecchiare male. Presto o tardi, i posteri perderanno cognizione del contesto, delle allusioni, dei riferimenti, e l'opera cesserà di parlare al *loro* tempo, poiché troppo legata al proprio. Svaniti con le ultime corrispondenze biunivoche gli ultimi echi di poetica e forza espressiva, non resterà che un modesto valore di reperto, di coccio d'anfora confuso tra i sassi. Un'opera che aspiri a durare nel tempo non deve fondarsi esclusivamente su allegorie di questo tipo.

Esempio: mentre lavoravamo a *54*, ci imbattemmo (appunto) in un film del 1954, di quelli che negli Usa chiamano *swords & sandals* e da noi *peplum*. Si intitolava *Attila*, diretto da tale Pietro Francisci. Nella parte del capo degli Unni, il sempre esuberante Anthony Quinn. Un film ridicolo, allegoria piatta se mai ve ne è stata una. Dev'essersi trattato di una produzione vaticana «in camuffa», perché la propaganda clericale era grassa e unta: i barbari altro non erano che gli atei comunisti (a un certo punto uno degli Unni chiedeva a un altro: «Quanti eserciti ha il papa?», celebre domanda retorica di Iosif Stalin); il decadente Impero romano era l'America materialista e corrotta nei costumi (Valentiniano si disperava piú

---

[41] Sull'allegoria storica in *300*, cfr. il saggio di Wu Ming 1, *Allegoria e guerra in «300»*, in «La valle dell'Eden», semestrale di cinema e audiovisivi pubblicato da Carocci Editore e Dams – Università degli studi di Torino, anno IX, n. 18, monografico su *Cinema e televisione negli Stati Uniti dopo l'11 settembre*, gennaio-giugno 2007. Il saggio è disponibile anche su wumingfoundation.com

per la morte del suo leopardo che per l'imminente caduta di Ravenna); infine, papa Leone I era il *deus ex machina* che giungeva alla fine (apparizione incredibilmente simile a quelle del Presidente Megagalattico nei film di Fantozzi), convinceva Attila a essere buono e salvava Roma.

Questa allegoria è trasparente per noi che conosciamo la storia e la retorica, e abbiamo fatto in tempo a vedere la Guerra fredda. Uno spettatore piú giovane e meno smaliziato vedrà soltanto un melenso polpettone.

Tuttavia, non tutte le allegorie storiche sono «a chiave» (intenzionali, esplicite, coerenti, «biunivoche»). In senso lato, qualunque opera narrativa ambientata in un'epoca passata è un'allegoria storica, che l'autore la intendesse o meno come tale. Quando evochiamo il passato, lo facciamo dal presente, perché il presente è dove ci troviamo, dunque esiste sempre un confronto tra «adesso» e «allora», consapevole o inconscio, nitido o confuso.

In senso ancor piú lato, *moltissime* opere narrative si svolgono nel passato, poiché i loro autori scrivono al passato (in genere, in italiano si alternano passato remoto e imperfetto) collocando la storia in un tempo già trascorso. Persino le storie ambientate nel futuro, come quelle di fantascienza, sono scritte al passato. Il futuro non è che un velo, poiché esse *si sono già svolte*: «Come un gioiello scintillante, la città giaceva nel cuore del deserto»[42].

---

[42] È l'incipit del romanzo *La città e le stelle* di Arthur C. Clarke [1956], Urania Collezione, n. 14, Mondadori, Milano 2004.

Portando il discorso alla sua inevitabile conseguenza, si può dire che *tutte* le opere narrative siano ambientate nel passato. Anche quando il tempo verbale è il presente, si tratta di una forma di presente storico: il lettore legge di cose già pensate, già scritte, già oggettivate nel libro che ha in mano.

Dunque *tutte* le narrazioni sono allegorie del presente, per quanto indefinite. La loro indeterminatezza non è assenza: le allegorie sono «bombe a tempo», letture potenziali che passano all'atto quando il tempo giunge. La definizione dell'allegoria come «espediente retorico» si mostra del tutto inadeguata, e infatti Walter Benjamin, nel suo *Il dramma barocco tedesco* (1928), descrisse l'allegoria come una serie di rimbalzi imprevedibili, triangolazione fra quello che si vede nell'opera, le intenzioni di chi l'ha creata e i significati che l'opera assume a prescindere dalle intenzioni[43].

Questo livello dell'allegoria è privo di una «chiave» da trovare una volta per tutte. È l'allegoria me-

---

[43] Cfr. W. Benjamin, *Il dramma barocco tedesco*, Einaudi, Torino 1999. Chi conosce il pensiero asistematico di Benjamin e i suoi vaticinii su allegoria e simbolo, malinconia e rovine, morte e redenzione, troverà diversi rimandi (non pedissequi, anzi, obliqui) all'uno e agli altri nelle immagini proposte piú avanti, soprattutto nel paragrafo *Presto o tardi*. Si badi bene: per rimettere in gioco il pensiero di Benjamin (anziché limitarsi a contemplarlo) è utile eseguire su di esso forzature pari o superiori a quelle che il pensatore tedesco esercitò sui suoi oggetti di studio. Sempre tenendo presente che il passato è di fronte a noi, non alle nostre spalle. Difatti, lo vediamo senza sforzi. Per vedere il futuro, invece, dobbiamo faticare un po', gettare occhiate all'indietro (o usare uno specchietto). Per muoverci verso il futuro, dobbiamo guidare in retromarcia. È il motivo per cui l'avanguardia europea sbagliava direzione, e anziché uscire dal parcheggio andava a sbattere sul marciapiede (come Woody Allen in una celebre scena di *Io e Annie*). Ecco: abbiamo di fronte le rovine evocate da Benjamin, ma non le riconosciamo in quanto tali. Per farlo, dobbiamo metterle nel contesto del futuro, quindi voltarci con frequenza. *Ancient to the Future*, diceva l'Art Ensemble of Chicago. Cfr. anche il brano di Alan Weisman riportato alla nota 46.

tastorica. Si può descriverla come il rimbalzare di una palla in una stanza a tre pareti mobili, ma anche come un continuo saltare su tre piani temporali:

– il tempo rappresentato nell'opera (che è sempre un passato, anche quando l'ambientazione è contemporanea);

– il presente in cui l'opera è stata scritta (che, anch'esso, è già divenuto passato);

– il presente in cui l'opera viene fruita, in qualunque momento questo accada: stasera o la prossima settimana, nel 2050 o tra diecimila anni.

Le opere che continuano a risuonare in questo presente sono chiamate «classici». Il loro segreto sta nella ricchezza dell'allegoria metastorica, la stessa che possiamo trovare in miti e leggende. La storia di Robin Hood è sopravvissuta ed è ri-narrata a ogni generazione perché la sua allegoria profonda continua ad «attivarsi» nel presente, a interrogare il tempo in cui vive chi la legge o ascolta.

Superfluo dire che un livello allegorico profondo e vitale non è garanzia di sopravvivenza nel tempo, né tantomeno di accesso alla definizione di «classico». È una condizione necessaria ma non sufficiente. È una questione di evoluzione del gusto e della mentalità, e anche di fortuna: i processi selettivi che formano un «canone» sono in gran parte arbitrari. Non è uno sviluppo preconizzabile, e occorrono molti anni o addirittura secoli per capire di che pasta sia fatta un'opera.

Non sto cercando di capire se i libri italiani di cui ho parlato dureranno a lungo. Il mio intento è differente: voglio trovare l'*allegoritmo* del New Italian Epic.

Allegoritmo. Chi legge conoscerà la parola «algoritmo». Un algoritmo è un insieme di regole e procedure da seguire in un determinato ordine per risolvere un problema o ottenere un risultato. È un termine usato in matematica e nella programmazione informatica.

«Allegoritmo» è un neologismo che ho preso in prestito da Alex Galloway e McKenzie Wark, i cui scritti sui videogiochi e la *gamer culture* mi sono stati di ispirazione[44], ma l'utilizzo che ne faccio in questo testo è diverso.

Videogame. Ogni gioco ha un algoritmo e il giocatore deve apprenderlo, se vuole risolvere i problemi, affinare le proprie capacità e salire i livelli della pagoda come Bruce Lee in *Game of Death*. Ma ogni gioco è un'allegoria: è composto di immagini in movimento che rappresentano qualcos'altro (procedure matematiche, codice binario, il linguaggio che la macchina parla a se stessa). Il giocatore può apprendere l'algoritmo del gioco soltanto interagendo con le immagini, cioè con l'allegoria. Al fine di trovare l'algoritmo e seguirlo passo dopo passo, deve comprendere e padroneggiare l'*allegoritmo*. Decrittare l'allegoria, scoprirne i segreti.

Non soltanto i videogame, ma anche i romanzi e le altre narrazioni hanno un allegoritmo. L'allegorit-

---

[44] Cfr. M. Wark, *Gamer Theory*, Harvard University Press, Cambridge 2007; A. R. Galloway, *Gaming: Essays on Algorithmic Culture*, University of Minnesota Press, Minneapolis 2006.

mo è un sentiero nel fitto del testo, sentiero che si apre e chiude, si sposta e cambia percorso, perché il testo intorno è come la foresta di Birnam nel *Macbeth*: si muove, avanza, e ciò che rimane fermo resta indietro. È quel che accade all'allegoria pedissequa, l'allegoria «a chiave»: resta indietro e invecchia, diventa ridicola. Tutto deve muoversi dentro e insieme al testo. Qualora, tra intrichi mobili di segni e simboli, vedessimo aprirsi improvviso il sentiero (l'allegoritmo!), dovremmo infilarlo senza indugi, perché è questione di attimi, sta già per chiudersi. E se fossimo in grado di seguirlo, ci porterebbe all'allegoria profonda. L'allegoria di cui parlava Benjamin, quella metastorica, ciò che diverse narrazioni hanno in comune sotto le apparenze, e sotto i livelli piú vicini alla superficie.

Come lo sguardo senza soggetto descritto da Genna, dobbiamo penetrare gli strati uno dopo l'altro, fino a toccare la bomba. Cos'hanno in comune un romanzo storico come *Q* e un oggetto narrativo non-identificato come *Gomorra*?

Le ricerche sul Dna hanno reso possibile stabilire parentele tra specie animali che zoologi e paleontologi non avevano immaginato, o distanziare tra loro specie animali che zoologi e paleontologi consideravano molto vicine.

Forse, chissà, possiamo fare la stessa cosa coi libri e le narrazioni.

Questo è un primo tentativo.

7. *Presto o tardi*.

Torniamo al breve testo allegorico che apre 54. Sospetto che in quei versi, scritti in un momento di iperlucido stordimento, possa celarsi una «guida» criptata a un'allegoria più profonda, quella che accomuna i libri del New Italian Epic.

Al fondo, tutti i libri che ho citato dicono che qualunque «ritorno all'ordine» è illusorio.

In primis, perché non è un ritorno ad alcunché: «i bei tempi non ci sono mai stati» (Jack Beauregard[45]), ogni società ha vagheggiato presunti stati di equilibrio antecedenti, prima che il cielo precipitasse sulla terra e si imponesse il caos. Demagoghi di ogni sorta hanno sfruttato quei miti per prendere e mantenere il potere.

In secundis, perché non può mai verificarsi un congelamento né tantomeno un rallentamento della storia. Se abbiamo la sensazione che rallenti qui da noi, è perché sta accelerando da un'altra parte. Oltre la prima duna, gli scontri proseguono.

I ritorni all'ordine sono illusioni e non c'è nessun «dopoguerra». La vera guerra non finisce, non ha un «dopo». La vera guerra è il conflitto senza fine tra noi, la specie umana, e la nostra tendenza all'autoannichilimento.

Al fondo, tutti i libri che ho menzionato tentano di dire che noi – noialtri, noi Occidente – non pos-

---

[45] Jack Beauregard è il nome del personaggio interpretato da Henry Fonda nel western *Il mio nome è nessuno*, regia di Tonino Valerii, 1973.

siamo continuare a vivere com'eravamo abituati, spingendo il pattume (materiale e spirituale) sotto il tappeto finché il tappeto non si innalza a perdita d'occhio.

Ci rifiutiamo di ammettere che andiamo incontro all'estinzione come specie. Certamente non nei prossimi giorni, e nemmeno nei prossimi anni, ma avverrà, avverrà in un futuro che è intollerabile immaginare, perché sarà *senza di noi*. È doloroso pensare che tutto quanto abbiamo costruito nelle nostre vite e – ancor piú importante – in secoli di civiltà alla fine ammonterà a niente perché tutto diviene polvere, tutto si dissipa, presto o tardi. È accaduto ad altre civiltà, accadrà anche alla nostra. Altre specie umane si sono estinte prima di noi, verrà anche il nostro momento. Funziona cosí, è parte del tutto, la danza del mondo.

Non siamo immortali, e nemmeno il pianeta lo è. Tra cinque miliardi di anni la nostra stella madre si espanderà, diverrà una «gigante rossa», inghiottirà i pianeti piú vicini per poi ridursi a «nana bianca». Per quella data, la Terra sarà già da molto tempo *essiccata*, priva di vita e di atmosfera.

È probabile che la nostra specie si estingua molto prima: finora l'intera avventura dell'*Homo sapiens* copre appena duecentomila anni. Moltiplichiamo questo segmento per venticinquemila e otterremo la distanza che ci separa dalla fase di «gigante rossa». I nostri remotissimi posteri, se esisteranno e avranno trovato il modo di lasciare il pianeta e perpetuarsi altrove, potrebbero non somigliarci per niente. La distanza tra loro e noi sarà la stessa che adesso ci separa dai primi organismi monocellulari. E certo, molto o poco prima di questa serie di eventi potrebbe colpirci un asteroide.

Questo per dire che la fine della nostra civiltà e della specie è scritta in cielo. Letteralmente. Non è questione di «se», ma di «quando». Non siamo eterni, ma piú precari che mai, aggrappati a un granello di polvere che rotea nell'infinito vuoto. Se ce ne rendessimo conto, se accettassimo la cosa, vivremmo la vita con meno tracotanza.

Sí, tracotanza. Tracotanza e ristrettezza di vedute sono quello che *non* possiamo piú accettare. Non possiamo accettare che la specie stia facendo di tutto per accelerare il processo di estinzione e renderlo il piú doloroso – e il meno dignitoso – possibile.

Si usa dire che, a causa nostra, «il pianeta è in pericolo», ma ha ragione il comico americano George Carlin: «Il pianeta sta bene. È *la gente* che è fottuta». Il pianeta ha ancora miliardi di anni di fronte a sé, e a un certo punto proseguirà il cammino senza di noi. Certo, possiamo fare grossi danni e lasciare molte scorie, ma nulla che il pianeta non possa un giorno inglobare e integrare nei propri sistemi. Ciò che chiamiamo «non biodegradabile» è in realtà materiale i cui tempi di degradazione sono lunghissimi, incalcolabili, ma la Terra ha tempo ed energie per corrodere, sciogliere, scindere, assorbire. E i danni? Gli ecosistemi che abbiamo rovinato? Le specie che abbiamo annientato? Sono problemi nostri, non del pianeta. Verso la fine del Permiano, duecentocinquanta milioni di anni fa, si estinse il novantacinque per cento delle specie viventi. Ci volle un po', ma la vita ripartí piú forte e complessa di prima. La Terra se la caverà, e finirà solo quando lo deciderà il Sole. *Noi* siamo in pericolo. *Noi* siamo dispensabili.

Eppure l'antropocentrismo è vivo e vegeto, e lotta contro di noi. Scoperte scientifiche, prove oggettive, crisi del Soggetto, crolli di vecchie ideologie... Nulla pare aver distolto il genere umano dall'assurda idea di essere al centro dell'universo, la Specie Eletta – anzi, per molti non siamo nemmeno una specie, trascendiamo le tassonomie, siamo gli unici esseri dotati di anima, unici interlocutori di Dio.

Per questo fatichiamo a capire quanto davvero siamo in pericolo, e temiamo di prefigurare un pianeta senza umani, visualizzazione che invece ci renderebbe piú consci del pericolo e pungolerebbe ad affrontare il problema.

Il fatto che non abbiamo piú un'idea dell'avvenire non aiuta: viviamo schiacciati nell'assenza di prospettive, e persino la fantascienza – passata da quel dí la sbornia prometeica e progressista – ha in gran parte rinunciato a narrare la «storia futura» e ambienta i suoi plot in non-tempi, epoche remote o addirittura in un futuro talmente prossimo da essere già presente.

Perciò è tanto importante la questione del punto di vista obliquo, e diverrà sempre piú importante – come aveva intuito Calvino – la «resa» letteraria di sguardi extra-umani, non-umani, non-identificabili. Questi esperimenti ci aiutano a uscire da noi stessi. Anche solo di mezzo passo, come Steve Martin a *Saturday Night Live*.

È chiaro, noi siamo umani, le nostre percezioni sono umane, il nostro sguardo è umano, il nostro linguaggio è umano. Siamo *anthropoi*, non possiamo adottare davvero un punto di vista non-antropocentrico. Ma possiamo usare il linguaggio per simularlo. Possiamo lavorare per ottenere un *effetto*. Quell'effetto non è semplice «straniamento»: è lo sforzo supremo di produrre un pensiero *ecocentrico*. È simultaneamente un vedere il mondo da fuori e un vedersi da fuori come parte del mondo e del *continuum*. È un massaggio ai neuroni specchio.

È a partire da questo che troveremo l'allegoritmo comune della nuova epica, il sentiero nel fitto dei testi, la lista di istruzioni da seguire per cogliere l'allegoria profonda[46].

Per troppo tempo l'arte e la letteratura hanno vissuto nella fantasmagoria, condividendo le pericolose illusioni dello specismo, dell'antropocentrismo,

[46] Le riflessioni appena fatte mi sono state ispirate dalla lettura del libro di Alan Weisman *Il mondo senza di noi* (Einaudi, Torino 2008), saggio di divulgazione scientifica che contiene passaggi di autentica, frastornante, commovente poesia, e di cui varrà la pena occuparsi. «Com'è accaduto che – scrive Weisman –, con la nostra tanto decantata intelligenza superiore, siamo diventati una specie talmente poco portata alla sopravvivenza? La verità è che non lo sappiamo. Ogni congettura è obnubilata dalla nostra ostinata riluttanza ad accettare che il peggio potrebbe davvero accadere. Forse siamo ostacolati dai nostri stessi istinti di sopravvivenza, affinati nel corso di milioni di anni per aiutarci a negare, trascurare o ignorare gli eventi catastrofici, nel timore di essere paralizzati dalla paura. Se questi istinti ci spingeranno ad aspettare finché sarà troppo tardi, saranno una maledizione. Se fortificheranno la nostra capacità di resistere nonostante i presagi sempre piú funesti, saranno una benedizione. Piú di una volta, speranze folli e ostinate hanno ispirato mosse creative capaci di strappare le persone alla rovina. Tentiamo allora un esperimento creativo: immaginiamo che il peggio sia già accaduto. L'estinzione degli umani è un fatto compiuto [...]. Per farci un'idea di come andrebbe avanti il mondo senza di noi, possiamo cominciare dando un'occhiata a com'era il mondo prima di noi [...]. Il futuro non sarebbe un perfetto specchio del passato [...]. Quello che resterebbe in nostra assenza non sarebbe lo stesso pianeta che se non ci fossimo mai evoluti. Però potrebbe anche non essere troppo diverso».

del primato occidentale, della rinuncia al futuro che riempie la Terra di scorie.

Oggi arte e letteratura non possono limitarsi a suonare allarmi tardivi: devono aiutarci a immaginare vie d'uscita. Devono curare il nostro sguardo, rafforzare la nostra capacità di visualizzare. Non c'è avventura piú impegnativa: lottare per estinguerci con dignità e il piú tardi possibile, magari avendo passato il testimone a un'altra specie, che proseguirà la danza anche per conto nostro, chissà dove, chissà per quanto, e chissà se verremo ricordati.

È bello non avere risposte a queste domande. È bello – ed epico – formulare le domande. È questa la vera guerra, quella che, finché saremo sul pianeta, non avrà un «dopo».

A conti fatti, l'impulso che sta alla base di tutti i libri di cui ho parlato può leggersi in questa frase: «Gli stolti chiamavano pace il semplice allontanarsi del fronte».

Non fingiamo che il fronte di questa guerra sia lontano.

Non chiamiamo questa finzione «pace».

Noi non siamo in pace.

La letteratura non deve, non deve mai, non deve mai credersi in pace.

Accade in Italia, non a caso.

Paese delle mille emergenze, poco interessato al futuro, già oltre l'orlo di catastrofi indiscusse (nel senso che non se ne discute). Paese campione di polvere sotto il tappeto e liquami alle caviglie, Bengodi degli *stakeholders* descritti da Saviano.

Confusamente, brancaleonescamente, il New Italian Epic si è formato e adesso si trasforma sotto i nostri occhi, mentre immagina, racconta, propone. Ed è instabile, oscillante, reazione ancora in corso. Un giorno lo supereremo, qualcuno magari lo rinnegherà, ma adesso dobbiamo starci dentro, perché c'è molto lavoro da fare: spingere ogni tendenza al suo sviluppo, accompagnare ogni potenza all'atto, continuare a dividere ciò che è unito, continuare a unire ciò che è diviso.

Stiamo costruendo il futuro anteriore –
quando, sicuri di aver fatto il possibile,
potremo dire che
ne sarà valsa la pena
e passeremo oltre.
Dono. Compassione. Autocontrollo.
Shantih shantih shantih

2. Sentimiento nuevo[47]

> Il mio non è un romanzo «a schidionata», ma «a brulichio» e quindi è comprensibile che il lettore resti un po' disorientato.
>
> PIER PAOLO PASOLINI, *Petrolio*, appunto 22a.

0. *Postmodernismi da quattro soldi.*

Ne sono esistiti di maggior pregio, ma per quella merce gli anni Novanta sono una decade di sovrapproduzione e calo di qualità. I Novanta sono l'ultimo decennio della fase postmoderna, momento terminale, di vicoli ciechi e crisi mascherata da trionfo (una festa sull'orlo del baratro). È il periodo in cui il postmodernismo (ossia la cultura del postmoderno) si riduce a «maniera» (termine che adopero nel memorandum). Del resto, si è parlato – piuttosto a proposito – di «età neobarocca», età di eccessi e artifici, di orpelli ed effetti, di shock abituali.

Come già detto, quando cadde il Muro di Berlino (1989) la cultura era salita ormai da tempo sul carrozzone, ma le celebrazioni del «trionfo dell'Occidente» resero tutto piú osceno.

Facciamo un passo indietro. La descrizione piú icastica ed efficace della sensibilità postmoderna è nelle *Postille a Il nome della Rosa* (cfr. memorandum e nota 10). Senza dubbio Eco intendeva mantenere come polo magnetico l'attitudine che fu chiamata – ad

[47] Testo scritto tra l'agosto e il novembre del 2008.

esempio dai redattori della rivista «Baldus» – «postmodernismo critico»: uno «stare dentro» la postmodernità, senza *stupor* ma anche senza tenere il broncio. Ci provammo in molti, a suo tempo. Del resto, all'inizio *tutto* il postmodernismo si voleva e credeva critico.

Ma come mai a un certo punto la critica si è sdilinquita fino a svanire? Sono legioni quelli che han tentato di definire le caratteristiche dell'arte e della letteratura postmoderne, finendo spesso per elencare scelte stilistiche ed estetiche (fusione di «alto» e «basso», citazioni, saccheggio del passato, derive metalinguistiche o che altro) in realtà già visibili – quando non addirittura centrali – nell'arte e nella letteratura *moderne*, da Lautréamont a Joyce, da Chlebnikov a Buñuel, da Faulkner a Henry Miller, da Eliot a Breton, da Gershwin a Chaplin, e poi Majakovskij, Man Ray, Malaparte...

A distinguere le espressioni postmoderne da quelle moderne non era una cesura stilistica o tematica, bensí una cesura psicologica, di *mentalità*.

L'artista postmoderno era pieno di sfiducia e disincanto nei confronti dei linguaggi e materiali che utilizzava. Non credeva di poterli piú prendere sul serio, non dopo l'evaporare dell'idea (prettamente *moderna*) che nell'atto creativo potessero esservi rinnovamento, liberazione, raffiche d'ossigeno a spazzare le vie della vita. Si era spento l'ultimo riverbero della detonazione «*transformer le monde | changer la vie*» ottenuta dai surrealisti facendo cozzare Arthur Rimbaud e Karl Marx. Le utopie s'erano infrante sugli scogli della merce e il postmoderno fu un'epoca di disappunto (al principio) e «allegria di naufragi» (piú tardi).

La via imboccata fu quella delle ricombinazioni ironiche, del gioco distaccato, dell'irrisione di qualunque codice nonché di qualunque illusione sul suo utilizzo... fino all'avvoltolarsi nel metadiscorso: irrisione verso l'irrisione stessa, corrosione dell'idea di corrosione, ironia nei confronti dell'ironia, parodie dell'idea di parodia.

Un esempio: il sottogenere «de paura» detto *slasher* (ragazza-inseguita-da-pazzo-mascherato-agitante-una-lama) è già un'espressione parodica e sarcastica; *Scream* di Wes Craven era meta-*slasher*, parodia intelligente del genere; *Scream 2* e *Scream 3* facevano il verso alla parodia stessa, e s'erà già nello stucchevole; *Scary Movie* era ormai la (stolida e insulsa) parodia della parodia della parodia. L'ipercubo costruito sul quadrato dell'ipotenusa dell'opera. Sfiancantissimo.

Ho raccolto l'esempio dal fondo nero e liquamoso del pop, ma avrei potuto farne altri, pescando dai *curricula* di Aldo Busi, Tarantino, John Barth o Bonito Oliva, oppure prendendo in considerazione la cinematografia di Godard dalla puerile caciara di *Vento dell'Est* alla risacca nella videoarte. Dalla «nouvelle vague» a *Nouvelle Vague*.

Il decorso del postmodernismo si può descrivere in una sola frase: col tempo il «buttarla in vacca» è divenuto *sistematico*.

Buttarla in vacca a volte è importante. In certi momenti può essere salutare, liberatorio, ma è come farsi in vena: diventi dipendente, non riesci piú a finire un discorso, come Tom Cruise che scoppia a ridere al *Tonight Show* e non è piú in grado di articolare una frase di senso compiuto. Il postmodernismo da discorso di «opposizione» – seppure indistinta – è divenuto dispositivo di cooptazione di ogni enunciato critico in un mondo dove il linguaggio rimanda sempre e ossessivamente a se stesso, i segni rimandano sempre e solo ad altri segni e la critica si autoannulla tra ghigni e cachinni, fino all'apologia dell'indecidibilità, dell'ineffabilità, dell'assenza di qualunque senso, dell'equivalenza di questo e di quello («codesto» ormai non s'usa piú ma ci sarebbe stato bene).

Se l'ironia diviene onnipresente, la sua valenza critica s'azzera.

[«Sí, ma DeLillo?»; «Che dire allora di DeLillo?»; «Non tieni conto di DeLillo!»

È l'obiezione ricorrente, l'eccezione piú frequente. Da bambino mi hanno insegnato che una rondine non fa primavera. Un singolo autore rimasto serio mentre tutti ridacchiavano non frena l'andazzo generale. Nemmeno *due o tre* rondini (Pynchon, Doctorow) fanno primavera. Se un pugno di autori definiti convenzionalmente «postmoderni» non sono diventati macchiette, ciò depone a favore loro *e di nessun altro.*]

Come detto, situo la fine del postmoderno – e non sono certo l'unico a farlo – all'altezza dell'11 settembre 2001.

C'è persino chi continua a definire «postmoderna» la fase che viviamo ora. Perché allora non definirla «post-preistoria» o «post-guerre puniche»? Come mai non chiamiamo piú i nostri anni «secondo dopoguerra», e con quell'espressione indichiamo soltanto i tardi anni Quaranta-primi Cinquanta del secolo scorso?

Semplice: perché il prefisso *post-* non indica – banalmente – un indistinto «dopo di» (ergo: apparterrebbe al postmoderno tutto ciò che segue *e sempre seguirà* la fase del «moderno»), bensí un periodo di postumi e di rinculo, come dopo uno sparo, o dopo una sbornia. Si parla di «post-punk» solo ed esclusivamente per dischi incisi nel periodo 1978-83.

Il postmoderno è finito perché era un lavoro a tempo determinato. Di piú: il postmoderno è finito perché è finito *davvero* – e non per finta – il «moderno», inclusa la sua fase di crisi interlocutoria, la fase «post-».

Il «moderno» – cumulo di conquiste, di orrori, d'occasioni perdute – finisce con le risorse che ha divorato e cagato via, con la chimerica eternità del trantran petrolivoro e monnezzogeno. Ci si è illusi di vivere esentasse e che il mondo non presentasse il conto degli abusi. Si è vissuto, almeno in Occidente, dentro un miraggio. Anche chi esprimeva punti di vista critici o addirittura radicali condivideva in toto o in parte l'allucinazione.

Chi chiede di «tornare al moderno» non è meno ridicolo e velleitario di chi, come niente fosse, vorrebbe perpetuare il postmoderno. A ogni fase storica la sua cultura. Finita la postmodernità, il postmodernismo è patetico residuo, riscalda avanzi già avariati. La contemplazione allucinata della società dei consumi e del linguaggio che la descriveva ha espresso tutto quanto poteva esprimere (difficile, o meglio implausibile, andare oltre J. G. Ballard), e una volta individuate cose divertenti che non farai mai piú, non le fai piú, punto.

Il tempo che viviamo ora non ha ancora un'etichetta, e ciò è bene. Abbiamo un margine di libertà[48]. Oggi è un *sentimiento nuevo* che ci tiene alta la vita.

1. *Epica e «realismo»*.

Evangelisti ricorre alla magia nera di origine yoruba. Genna fa apparire divinità primordiali. Nel mio *New Thing* (2004) descrivo una colonia di proscimmie dotate di poteri telepatici e appassionate di film western. Queste proscimmie vivono a Brooklyn e sono le vere responsabili dell'incidente aereo che causò la morte di Otis Redding.

Il «realismo» è solo una delle tante frecce nella faretra di un autore. Alcune opere Nie sono «realistiche», altre poco, altre ancora per nulla, anche nella produzione di uno stesso autore.

Realismo ed epica non si escludono a vicenda, come non si escludono a vicenda l'osservare e il cantare.

Il realismo è la ricerca di una rappresentazione per quanto possibile «oggettiva» del mondo, vicina al (tangibile, materialissimo) «compromesso percettivo» chiamato «realtà»; presuppone quindi un lavoro sulla *denotazione*, sui significati principali e

---

[48] Qualcuno, tuttavia, usa l'espressione «post-postmoderno». Ecco, queste sono pugnette.

condivisi. Quando descrivo una scena di miseria avvilente, e cerco di trasmettere con precisione tale avvilimento, sto gettando un ponte verso il lettore, mi rivolgo a quella parte di lui – *quella parte di noi tutti* – che trova avvilente la miseria.

L'epica è invece legata alla *connotazione*: è il risultato di un lavoro sul tono, sui sensi figurati, sugli attributi affettivi delle parole, sul vasto e multiforme riverberare dei significati, *tutti* i significati del racconto. Al lettore sto gettando un altro ponte, qui mi rivolgo al suo *desiderio*, desiderio di spazio, di scarti e differenze, di scontro, sorpresa, avventura.

Come un vocabolo (per esempio, «luna») ha allo stesso tempo denotazione (l'unico satellite naturale in orbita intorno alla Terra) e connotazioni (innumerevoli sensi figurati echeggianti nel folklore, nella poesia, nelle canzoni pop), cosí un'opera può essere realistica e al tempo stesso epica, oppure epica e del tutto fantasiosa, oppure combinazioni di entrambi i tratti. «Realismo», poi, è una dimensione relativa. I western di Sam Peckinpah sono considerati «piú realistici» di quelli di John Ford, e non per questo sono *meno* epici: lo sono in modi diversi, in quanto esiti di approcci diversi.

Nella lotta per il significato, spesso una delle connotazioni di un termine diviene la sua denotazione, il significato piú comune. Perde la propria natura di «senso figurato». Allo stesso modo, un nuovo approccio epico può cambiare la natura del «realismo».

È quel che è accaduto con *Gomorra*: l'*epica* di Saviano (io ipertestimoniale e «sovraccarico», tono «eroico», effetto-valanga di storie, eccetera) ha dato vita a un'opera che tanto piú è celebrata come «esempio di ritorno al realismo» quanto piú è ibrida e gonfia di letteratura.

Su una cosa dovremmo intenderci: le neuroscienze hanno appurato che il metaforico è *corporeo*, è una dimensione non astratta ma concretissima, descrivibile nella *letteralità* dei processi cerebrali. Fin dalle prime ore di vita, l'associazione ricorrente di due esperienze (per esempio, abbraccio e calore) e la conseguente attivazione di due diverse parti del cervello crea – mediante un processo chiamato «reclutamento neurale» – un circuito sinaptico permanente. A quel circuito corrisponde una «metafora primaria», formata dall'equivalenza tra due coppie di opposti: *calore/freddo = affetto/disaffezione*.

Buona parte del nostro linguaggio è fatta di sensi «figurati». Sulle fondamenta del metaforico primario il cervello innalza costruzioni complesse, simbolismi, allegorie, eccetera. La «denotazione» è instabile, sempre perturbata dalle connotazioni, perché noi esperiamo il mondo per mezzo di metafore primarie impresse nel cervello: *ascesa/discesa = miglioramento/peggioramento; luce/buio = comprensione/incomprensione*, eccetera[49].

In letteratura, qualunque ricerca di «realismo», qualunque tentativo di rappresentazione «oggetti-

[46] Gli studi sulla metafora concettuale stanno al crocicchio tra linguistica cognitiva (il cui piú famoso esponente è George Lakoff) e una corrente della neurologia che V. S. Ramachandran ha proposto di chiamare «neuroestetica» (cfr. V. S. Ramachandran, *Che cosa sappiamo della mente*, Mondadori, Milano 2004). Lakoff ha prodotto molti testi divulgativi sull'argomento, a partire dal seminale *Metaphors We Live By* (a quattro mani con Mark Johnson), University of Chicago Press, Chicago 1980.

va», deve tener conto di tutto questo[50]: il nostro pensare è «figurato», le connotazioni proliferano, l'allegoria ci scappa da ogni parte (prot!), l'epica è uno sbocco naturale, eccetera[51].

A proposito: mi pare che la scoperta delle basi neurali della metafora confermi in modo clamoroso vecchie intuizioni del mitologo Furio Jesi sulle «connessioni archetipiche»:

> primordiali, scaturite immediatamente dalla psiche [sono] non figure intere ed organiche – per esempio: la fanciulla divina, l'eroe che muore e rinasce, il regno lontano dell'aldilà, eccetera – ma piú semplici relazioni fisse (*connessioni*) fra due elementi o immagini: per esempio il rapporto *donna-terra*, il rapporto *oro-aldilà*, il rapporto *morte-viaggio*[52].

L'intento era togliere all'archetipo qualunque dimensione *a priori*, ultraterrena, extrasociale. Secon-

---

[50] È forse quello che intendevano gli scrittori Vanni Santoni e Gregorio Magini (del gruppo Scrittura Industriale Collettiva) quando, in un intervento apparso in rete nel giugno 2008, hanno proposto l'espressione «realismo liquido» per definire un realismo «capace di adattarsi ai continui mutamenti del reale, senza per questo rinunciare al volume che in esso occupa», praticato da autori che «hanno smesso di meravigliarsi per la crescita esponenziale della complessità del reale [e di] disperarsi perché ciò che un tempo chiamavamo mondo è divenuto praticamente inconoscibile [...]. Iniziano a uscire dai rifugi per guardare in faccia la realtà. Quel che hanno visto non poteva essere altro che la sua rappresentazione corrente: l'immagine pop. Da questa hanno iniziato la ricostruzione» (V. Santoni e G. Magini, *Verso il realismo liquido*, carmillaonline.com, 3 giugno 2008).

[51] A ogni modo, in materia di realismo e di neorealismo, le idee dei nostri «mediatori» (critici dei giornali, elzeviristi, cattedratici) non sembrano essere chiare né utili, anzi: manciate di stereotipi vecchi di mezzo secolo, ghermiti a casaccio nella sputacchiera. Eppure esistono «sguardi» sul neorealismo, come quello di Gilles Deleuze, che mettono in crisi la pigra vulgata e i discorsi di quarta mano. È merito di Girolamo De Michele aver riportato la discussione su binari meno cialtroneschi, nel suo intervento *Neorealismo ed epica. Una risposta ai critici letterari (e agli altri)*, pubblicato su carmillaonline.com l'8 luglio 2008.

[52] F. Jesi, *Trasmissione sulla favolistica-intervento*, testo inedito citato da A. Cavalletti nella postfazione a F. Jesi e K. Kerényi, *Demone e mito. Carteggio 1964-1968*, Quodlibet, Macerata 1999, p. 139.

do Jesi, l'archetipo è una connessione tra elementi, che non si «rivela» all'uomo ma è ogni volta *ri-creata* dall'uomo quando contempla «in figure che egli stesso *inventa*» il proprio essere «fuso col mondo»[53] (Jesi, 1979). C'era nelle parole di Jesi un elemento di *intenzionalità* che le neuroscienze suggeriscono di ripensare a fondo, ma la direzione era giusta: il cervello umano, stimolato a una relazione ricorrente tra due esperienze/aree del cervello, crea connessioni fisse, che potremmo a buon diritto dire «archetipiche».

2. *Magnitudo + perturbanza = epica.*

L'epica è un «di piú», il risultato di un particolare lavoro sulle *connotazioni* del racconto. Come la connotazione è un «di piú» del vocabolo, eccedenza di significato che sfugge e si trasforma, cosí l'epica è un «di piú» del racconto, uno «scarto» rispetto agli eventi narrati. Nell'epica si scatena l'iperbole, ogni elemento è piú denso, piú carico, piú vivido, eppure al tempo stesso piú sfuggente, difficile da definire e contornare.

L'epica è iperbole che produce attrito – o addirittura scontro aperto – tra il familiare e l'estraneo. A ben vedere, la particolare *cifra* o *tonalità* che chiamiamo «epica» ha a che fare col perturbante, l'*Unheimliche*, l'attrazione esercitata dal non-familiare. Magnitudo + perturbanza = epica.

---

[53] F. Jesi, introduzione a K. Kerényi, *Miti e misteri*, Boringhieri, Torino 1979, p. 17.

Nell'epica sono frequenti:
- l'impazzire o l'agire da matti (Odisseo si finge folle per non andare in guerra, Orlando impazzisce d'amore e gelosia, eccetera);
- l'uscire da se stessi tramite metamorfosi, divenire-animale e trance;
- il puntare i piedi contro se stessi (Odisseo si precipiterebbe dalle Sirene, ma si fa legare all'albero di maestra) e il combattere contro la perdita di sé (pozioni, incantesimi, lavaggi del cervello).

Al contempo, è tutto un muoversi «eccentrico», via dal centro, dal *focus* sull'eroe: la sfera d'azione del protagonista esiste anche dove egli non giunge, anche quando abbandona la scena o scompare del tutto. In parole povere: la storia non aspetta l'eroe né si blocca, va avanti pure senza di lui e gli fa «fischiare le orecchie» (cfr. in Omero i conciliaboli tra dèi sulla sorte degli umani).

L'*epos* è prodotto da questo confliggere, divenire, trasformarsi, spostarsi dal centro, e un'opera davvero epica non si conchiude, non si esaurisce mai, ci ritrovi uno scarto ogni volta che rinnovi il contatto, e ogni volta ti perturba, è un gioco tra come ti ricordavi l'opera e come quest'ultima si muove per sorprenderti.

Questa «vena» ha continuato a percorrere e agitare fin dal suo nascere il corpo del romanzo. Si può dire che il romanzo, nato dalla crisi di epiche ormai istituzionalizzate e sclerotizzate (e dichiarata *parodia* di quelle epiche, si pensi al *Don Chisciotte*, o all'eterna replica della battaglia in *Tristram Shandy*), abbia salvato ciò che nell'epica restava irriducibile, non-sclerotizzabile. Quel che nel romanzo (oggetto letterario vincente ed egemone negli ultimi due secoli) è rimasto epico è quel che ci permette di riscoprire l'epica oggi. La forma-romanzo ha fatto da traghetto culturale.

3. *La morte del Vecchio*.

Dalla mia recensione del libro di Giovanni Maria Bellu *L'uomo che volle essere Perón*, in «Nandropausa», n. 14, giugno 2008:

> Il tempo in cui scriviamo è segnato nel profondo dalle morti dei fondatori, dei capostipiti, dei «padri» che scompaiono lasciandoci orrende gatte da pelare. Noi siamo gli eredi di illusioni già evaporate: sappiamo che lo «sviluppo» corre su un binario morto, ma non sappiamo azionare il cambio. Le parole con cui cerchiamo di definire il cambiamento sono ancora negazioni, nate prigioniere del *frame* avversario («decrescita»), oppure si limitano a definirci posteri/postumi di qualcosa: postfascisti, postcomunisti, post-postmoderni, Seconda Repubblica, eccetera. [...] Diverse opere scritte oggi registrano la nostra condizione di postumi, e la rappresentano in allegoria, un'allegoria profonda. Molti dei libri che ho definito «New Italian Epic» trattano del buco lasciato dalla morte di un «Vecchio», un fondatore, un leader o demiurgo. A volte proprio questo epiteto è usato come antonomasia: «il Vecchio».
>
> Non può essere una semplice coincidenza: «il Vecchio» è morto in *Manituana* di Wu Ming (Sir William Johnson ovvero il Vecchio), *Nelle mani giuste* di Giancarlo De Cataldo (il Vecchio), *L'uomo che volle essere Perón* di Bellu (il Vecchio), *Medium* di Giuseppe Genna (Vito Antonio Genna) e *Sappiano le mie parole di sangue* di Babsi Jones (dove il fondatore morto è Josip Broz detto «Tito», e tutto ciò che accade nei Balcani ha luogo nella voragine lasciata dalla sua

scomparsa). Tracimando appena dal Nie, si può includere anche *Se consideri le colpe* di Andrea Bajani (dove il Vecchio è di genere femminile), e chissà quanti altri titoli mi sfuggono. Quelli citati sono tutti libri usciti nel 2007-8. No, non può essere una semplice coincidenza. Accorgersi della ricorrenza del «Vecchio» come personaggio-assenza è un passo lungo il sentiero di lettura che ho chiamato «allegoritmo».

Di tutti questi libri, *Medium* e *L'uomo che volle essere Perón* mi sembrano occupare la postazione piú «avanzata», perché vanno oltre la condizione dell'essere postumi, elaborano il lutto, usano la commistione di *autofiction* ed epica per avviare una terapia. Immaginando storie alternative, curano i difetti del nostro sguardo di postumi e ci preparano a immaginare un futuro.

Si può dire che la morte del Vecchio sia il *mitologema* di molte opere Nie. Riprendo un termine usato dal mitologo Károly Kerényi: un mitologema è un «ammasso» di «materiale mitico», un insieme di racconti conosciuti formatosi nel tempo intorno a un tema, un soggetto, un racconto-base. Tale materiale è riplasmato senza sosta, rinarrato, modificato, in letteratura, nell'*entertainment*, nella vita quotidiana.

Un esempio di mitologema è l'arrivo nel mondo di uno straniero privo di nome e/o di passato che distrugge i vecchi equilibri, vendica i soprusi, rigenera la vita e di nuovo scompare. È il «mitologema-Yojimbo» (protagonista dell'omonimo film di Kurosawa, 1961), o «mitologema-Shane» (cfr. *Il cavaliere della valle solitaria*, pietra miliare del western datata 1953). L'opera piú famosa di questo mitologema è *Per un pugno di dollari* di Sergio Leone (1963), che ricalca *Yojimbo*, che a sua volta si ispira al romanzo

Red Harvest di Dashiell Hammett (1929). Altri film sono *Il cavaliere pallido* di Clint Eastwood (1985), *Last Man Standing* di Walter Hill (1996) e *Coyote Moon* di John G. Avildsen (1999). Anche i romanzi di Valerio Evangelisti *Il corpo e il sangue di Eymerich* (1996) e *Antracite* (2003) riplasmano questo mitologema.

Altro esempio di mitologema è l'uomo onesto che, vittima di un abuso di potere, si dà alla macchia e diventa fuorilegge.

4. *Straniamento*.

Ho scritto che il mio uso dell'aggettivo «epico» non ha nulla a che vedere con il cosiddetto «teatro epico». Secondo Girolamo De Michele l'affermazione è troppo drastica, e ha ragione. Certe opere della produzione Nie hanno infatti elementi in comune col «teatro epico» di Bertolt Brecht. In alcune di esse, per esempio, si ostacola l'immedesimazione del lettore con l'eroe e il suo destino. L'eroe è ridotto a puro *vettore* dell'azione, privo di profondità psicologica, dunque non può esservi *catarsi*, la «scarica» finale delle emozioni provate immedesimandosi nell'eroe. Per dirla con Walter Benjamin, «anziché immedesimarsi nell'eroe, il pubblico deve piuttosto imparare a stupirsi delle situazioni in mezzo alle quali questi si muove» (W. Benjamin, *Che cos'è il teatro epico*, 1938[54]).

[54] In W. Benjamin, *L'opera d'arte nell'epoca della sua riproducibilità tecnica*, Einaudi, Torino 1966, pp. 127-35.

Tale sorpresa si verifica mediante *interruzioni* dell'azione, attimi di «congelamento», veri e propri *tableaux*: l'eroe epico se li ritrova davanti e cosí si produce «straniamento».

Prendete un extraterrestre alto dieci centimetri e ignaro di cosa sia il cristianesimo, teletrasportatelo dentro un presepe: ecco il lettore. Tale «straniamento», tipico della drammaturgia brechtiana, si ritrova in alcuni libri di Valerio Evangelisti (*Noi saremo tutto* e il «dittico messicano») e di Giuseppe Genna, ma anche in *Free Karma Food* di Wu Ming 5, e vi ricorre spesso anche Carlo Lucarelli in *L'ottava vibrazione*.

I libri di Evangelisti (vedasi ancora il «dittico messicano») hanno almeno un'altra caratteristica in comune col «teatro epico», quella di procedere «a scossoni» che

> [...] staccano ogni situazione dall'altra. Cosí si generano intervalli che tendono a limitare l'illusione del pubblico [...]. Questi intervalli sono riservati alle sue prese di posizione critiche (nei confronti dei comportamenti rappresentati dai personaggi e del modo in cui vengono rappresentati)[55].

5. *La forma-passeggiata*.

La «forma-passeggiata» (l'erranza, l'andare-a-zonzo) che Girolamo De Michele, usando un'intuizione di Deleuze, individua nel neorealismo[56], è uno degli elementi che ritroviamo nel Nie.

---

[55] *Ibid.*
[56] Cfr. G. De Michele, *Neorealismo ed epica* cit.

Nel suo *L'immagine-movimento* (1983), Deleuze descrive le «erranze» del cinema neorealista come situazioni in cui

> [...] il personaggio non sa come rispondere, spazi in disuso in cui smette di sperimentare e agire, per entrare in fuga, in un andare a zonzo, in un andare e venire, vagamente indifferente a quel che gli succede, indeciso sul da farsi. Ma ha guadagnato in veggenza ciò che ha perso in azione o reazione: egli VEDE, cosicché il problema dello spettatore diventa: «cosa c'è da vedere nell'immagine?» e non piú: «cosa si vedrà nell'immagine seguente?»[57].

L'andare-a-zonzo è inoltre la situazione in cui si coglie «qualcosa d'intollerabile, d'insopportabile [...] qualcosa di troppo potente, o di troppo ingiusto, ma a volte anche di troppo bello...»[58].

Anche in *54* c'è la forma andare-a-zonzo: il discorso libero indiretto segue ciascun personaggio in uno o piú andirivieni protesi a far emergere – a conati di *incertezza, scoperta dell'intollerabile* e *veggenza* – il contesto, il quartiere, i vissuti personali, le relazioni tra gli spazi e i personaggi. Angela e Pierre passeggiano non insieme bensí *in parallelo*, stando ai lati opposti di via Indipendenza (*nomen omen*). Incertezza-intollerabilità della loro relazione-*veggenza*: fotografia di un amore senza futuro. E ancora, la passeggiata notturna di Ettore fino a Porta Lame; incertezza del dopoguerra - intollerabilità della sconfitta - *veggenza*: Ettore abita già la morte. Poi gli spostamenti dentro il casinò di Cannes, eccetera.

---

[57] G. Deleuze, *L'immagine-movimento*, Ubulibri, Milano 1984, p. 201.
[58] *Ibid.*, p. 29.

[Il passeggiare può essere sovversivo, dare fastidio al potere: nel 1843, tuonando contro l'influenza «corruttrice» dei *feuilletons* e soprattutto di *I misteri di Parigi* di Eugène Sue, un deputato francese accusò il «Journal des débats» – che pubblicava il romanzo a puntate – di «far *passeggiare* da un anno i suoi lettori per le fogne parigine» (corsivo mio)[59].]

6. *1993*.

Il campo di forze che chiamo «New Italian Epic» è formato da un insieme di opere letterarie, di ampio respiro tematico e narrativo, scritte in Italia in lingua italiana a partire dalla fine della Guerra fredda – o meglio, dallo smottamento politico del 1993, conseguenza domestica del crollo del «socialismo reale».

Insomma, opere figlie del terremoto che pose fine al vecchio bipolarismo, concepite e scritte in questa Seconda Repubblica, con alcuni «salti di fase» (giri di boa, eccetera) determinati da eventi come la guerra alla Iugoslavia, il G8 di Genova, l'11 settembre, l'invasione dell'Iraq. Opere che di tali sconvolgimenti recano tracce – esplicite o, piú sovente, in allegoria – anche a prescindere dall'intenzione dell'autore.

Ragion per cui, cercare il Nie in opere precedenti a quegli eventi è operazione che ignora la premessa. Non si vede come un'opera scritta prima della ca-

---

[59] Cfr. A. Bianchini, *Il romanzo d'appendice*, Eri, Torino 1969.

duta della Prima Repubblica possa aver tenuto conto di tale caduta.

Nelle opere Nie è frequente che l'allegoria di questi anni si rifranga a ogni grandezza, come un frattale che contiene se stesso *ad infinitum*. Ogni elemento pare contenere in microcosmo l'allegoria, estrapolabile e autosufficiente. A volte salta agli occhi, come nel romanzo di Flavio Santi *L'eterna notte dei Bosconero* (2006), quando di un personaggio si racconta:

> Una volta in stalla si era spogliato e spalmato di merda. «Ecco l'unto del Signore», proruppe soddisfatto allora, come un bambino che ha imparato da solo ad andare a cavallo[60].

[Per quanto tempo quest'allegoria a chiave rimarrà percepibile? Oggi sappiamo che «Unto del Signore» è una delle antonomasie di Berlusconi. Ma in futuro?]

Allegorico in ogni minuto dettaglio, pur non essendo riducibile a una sola «chiave», è *Al Diavul* di Alessandro Bertante (2008). L'ascesa del fascismo è raccontata dal punto di vista di Errico, figlio di artigiano anarchico che vive in un paesino piemontese, contesto a tal punto inerte che per fare politica si deve andare nel paesino a fianco. Nella prima parte del romanzo echeggia la condizione dei trenta-quarantenni di oggi, congelati in una postadolescenza in cui pare non succedere niente. Quando alla buon'ora Errico espatria, non c'è lettore del 2008 che non tiri un sospiro di sollievo, perché è un espatrio mentale, un espatrio «vicario» dall'Italia *di oggi*.

---

[60] F. Santi, *L'eterna notte dei Bosconero*, Rizzoli, Milano 2004, p. 26.

Addirittura, la «fottà» di raggiungere la Barcellona del 1932 è descritta in modo da alludere a un mito odierno, molto diffuso nella sinistra italiana di oggi: la Spagna «laica» e «illuminista» di Zapatero, meta di molti connazionali in fuga. È un mito figlio di ingenuità ed esagerazioni, ma ha un basamento concreto nella frustrazione che ingenera il confronto tra i due paesi.

> Avevo una grande forza, – racconta Errico. – E la sentivo crescere man mano che la Spagna si faceva vicina. La Spagna non era solo la mia ultima meta del viaggio. La Spagna era la mia redenzione[61].

7. *Fusione di etica e stile nello «sguardo obliquo»*.

È uno dei passaggi piú controversi del memorandum, perché l'ho esteso nel paragrafo sullo sguardo «ecocentrico», mio personale esercizio di visualizzazione che molto ha fatto discutere.

L'adozione di punti di vista «inusitati», se motivata e non ridotta a mero giochino, è una presa di posizione *etica* ineludibile. Noi siamo *intossicati* dall'adozione di punti di vista «normali», prescritti, messi a fuoco per noi dall'ideologia dei dominanti. È imperativo depurarsi, cercare di vedere il mondo in altri modi, sorprendendo noi stessi.

Oltre agli esempi già fatti, si potrebbe ricordare che in *Scirocco* di De Michele (2005) l'io narrante privo di nome continua a narrare anche *post mortem*, per il tempo necessario a descrivere il proprio fune-

---

[61] A. Bertante, *Al Diavul*, Marsilio, Venezia 2008, p. 116.

rale da dentro la bara (capitolo 1 della sesta parte). È un narratore non onnisciente, anzi: fraintende una scena al margine delle esequie, descrivendola come «una lite tra barboni». Poi si eclissa, addio per sempre, l'io narrante non c'è piú e mancano ancora novanta pagine alla fine! Non subito (ché sarebbe banale), ma tre capitoli piú avanti, il funerale è ridescritto da altri punti di vista, il lettore capisce cos'è accaduto, il rapporto si rovescia e ciò che stava al margine diviene centrale. La catarsi avrà luogo senza il personaggio fin lí piú importante.

Nel romanzo seguente, *La visione del cieco* (2008), diverse scene-chiave sono descritte dal punto di vista di un gatto, Merlino, unico testimone di un delitto:

> suonoporta: clac-clac-clac: aperto
> luce
> odoreumano: formeumane: odorenonsaputo
> avvicinante saltante
> scarpaveloce avvicinante: brutto: allontanante[62]

Lungi dall'essere un espediente gratuito, la scelta trasuda com-passione verso i viventi non-umani.

Nel racconto *L'insurrezione* (2008), Antonio Moresco adotta una visione «apicale» della prima del *Nabucco* di Verdi, visto da sopra le teste dei cantanti. Collocandoci a un ipotetico «zenit» del Risorgimento (del suo melodramma-simbolo), l'autore inaugura una sequela di *straniamenti* che mettono in questione ogni cliché sui nostri miti delle origini.

---

[62] G. De Michele, *La visione del cieco* cit., p. 276.

8. *Epica eccentrica, l'eroe si assenta (o ritarda).*

Vedasi ancora l'esempio del protagonista/io narrante di *Scirocco*, che muore novanta pagine prima della fine e costringe il romanzo a proseguire senza di lui, «ripiegandosi» in modo da rendere centrale il marginale e viceversa.

Un altro esempio lo fornisce la «falsa partenza» di *Il casellante* di Camilleri (2008). Nelle prime pagine seguiamo la vicenda di Concetto Licalzi, nuovo casellante lungo la linea ferroviaria Vigàta-Castellovitrano. È il 1930. Veniamo a sapere come ha ottenuto quel lavoro, quali piedi ha calpestato, quanta ostilità ha suscitato, e come un altro personaggio decide di rompergli le scatole. Solo che... Licalzi muore a pagina 15, vittima di un mitragliamento alleato (perché in pochi passi siamo arrivati al 1940, è iniziata la guerra). Non è dunque lui il protagonista della novella, e nemmeno il suo successore, che lascia il lavoro dopo pochi mesi. Trascorrono ben due anni (dal '40 al '42) prima che al casello arrivi il nostro eroe, Nino Zarcuto. Quanto accaduto a Licalzi non riveste alcuna importanza nei capitoli che seguono. Cos'è questo «binario morto»?

Licalzi è un fascista e un delatore. Il posto lo ha ottenuto denunciando quattro colleghi di simpatie comuniste. Ogni mattina, passando sul treno per Vigàta, uno sconosciuto si sporge dal finestrino e lo saluta a braccio teso «per sfotterlo, per dargli la sconcia». È Antonio Schillaci, fratello di uno dei ferrovieri denunciati. Non ci interessa qui la reazione del casellante, ma il fatto che dopo la di lui morte e il vero avvio della vicenda non sapremo piú nulla nemmeno di Schillaci.

Il quale però ha una funzione importante: occupando (sia pure con un piccolo gesto sarcastico) la sfera d'azione della resistenza al fascismo, Schillaci supplisce a un'assenza, fa da «vicario» in attesa che giunga il protagonista, Nino, che camerata non è, e anzi dovrà difendersi dai soprusi di un fascismo già in crisi, incattivito dai presagi di sconfitta.

Claudia Boscolo ci ha ricordato che questa «eccentricità» è un tratto tipico dell'epica cavalleresca italiana:

> [...] la funzione dell'eroe epico è principalmente quella di incarnare una causa. Quando Orlando abbandona il campo di Carlo Magno, o si distrae, o impazzisce, insomma non c'è, il suo spirito resta, la moltitudine, o chi c'è, porta avanti quello che lui rappresenta[63].

9. *Sulla lingua del New Italian Epic.*

Il romanzo, oggi e soprattutto in Italia, è mutante e mutageno, oltrepassa tutte le linee e divisioni, persino quella primaria fra prosa e poesia. Diversi romanzi odierni «aberrano» e diventano strani oggetti narrativi, e in alcune parti – parti significative – sono scritti in versi. Esempi?

Uso dell'ottonario (con sineresi) in *Sappiano le mie parole* di sangue di Babsi Jones (2007):

---

[63] C. Boscolo, *Scardinare il postmoderno: etica e metastoria nel New Italian Epic*, in carmillaonline.com, 29 aprile 2008.

Ha un cappello a tesa larga, | ha un cucchiaio nella tasca. | È un cucchiaio da zuppa, | che gli sporge dalla giacca: | gli cadrebbe, perché il ma | nico è rivolto verso il basso; | gli cadrebbe, ma la giacca… […] Sulle mani, molte macchie | di vecchiaia gli disegna | no un bizzarro mappamondo | sono ampie, spesse e fulve; | la piú lunga gli attraversa | il dorso in due […] Mette avanti le due mani, | o le appoggia contro i ta | voli e le sedie fra cui passa…[64].

Uso dell'ottonario (con sineresi) in *Il diavolo custode* di Luigi Balocchi (2008):

[…] piomba a terra malconvinto, | per rialzarsi poi di scatto, | gli occhi incattiviti, | quegli stessi che il Santéin | ora vede uguali ai suoi. | Stessa terra, un solo marchio… | L'è un destino, pensa il Sante, | fare a pugni per lo schifo, | come bestie darsi addosso, | mentre altri, | ottimisti e bene in carne…[65].

Uso dell'endecasillabo (senza sineresi) in *La visione del cieco* di Girolamo De Michele (2008):

E le fusa del gattino assente | rimasto nella casa in montagna, | che ti sembra di sentirle ancora | impigliate alle pareti le fusa, | le fusa del tuo gatto randagio… | Ed anche senza sigarette oggi, | proprio niente che va come dovrebbe…[66].

È lo spettro del poema epico che appare a noi, torna a noi attraverso le lande del romanzo, *nascosto* nel romanzo. Il romanzo è posseduto dallo spettro.

La lingua, per l'appunto. La lingua del New Italian Epic. Un lavoro sulle connotazioni di ogni sin-

---

[64] B. Jones, *Sappiano le mie parole di sangue*, Rizzoli, Milano 2007, pp. 14-15.
[65] L. Balocchi, *Il diavolo custode*, Meridiano zero, Padova 2008, p. 52.
[66] G. De Michele, *La visione del cieco* cit., p. 249.

gola parola, sul ritmo, sul fraseggio, su figure retoriche per ottenere effetti di «memorabilità» (ripetizioni, anafore, catafore...) È frequente lo spostamento del peso di un intero capitolo per accentuare una singola frase: in *Q*, l'insistito settenario «Quello che devo fare» e la constatazione «Nell'affresco sono una delle figure di sfondo»; in *Romanzo criminale*, il grido «Io stavo col Libanese!» La memorabilità è tipica dell'epica, e qui c'è l'influenza di James Ellroy, principe dell'anafora e della paratassi:

> Freddy beat up Japs at Manzanar. Freddy killed Japs on Saipan. Freddy broke the strike at the Ford Plant in Pico Rivera. Freddy popped a Mickey Cohen punk named Hooky Rothman. Jack Dragna paid him ten grand. Freddy popped a Dragna punk. Mickey paid him ten grand[67].

Memorabilità. Anche a distanza di molti anni il lettore di Ellroy ricorda i nomi dei suoi personaggi: Kemper Boyd, Ward Littell, Pete Bondurant. Danny Upshaw, Buzz Meeks, Coleman Healy. E concetti ripetuti in maniera ossessiva, come «contenimento» (in *L. A. Confidential*) o «compartimentazione» (in *American Tabloid*).

In molti romanzi epici italiani la paratassi è presente non solo tra una frase e l'altra (assenza o rarefazione di subordinate e relative), ma anche tra un capoverso e l'altro, tra un paragrafo e l'altro, tra un capitolo e l'altro.

C'è un lavoro su quanto rimane inespresso, su nessi logico-sintattici che restano impliciti. Leggere que-

---

[67] J. Ellroy, *Hollywood Shakedown*, dalla raccolta di racconti *Crime Wave*, Random House, New York 1999, p. 199 [trad. it. *Corpi da reato*, Bompiani, Milano 2000].

sta prosa richiede piú lavoro cognitivo da parte del lettore, la cui fruizione non è affatto «adagiata». Due esempi:

> Guardate la mummia. Non c'è reliquia. Questa reliquia che irradia mistero: lo scrittore disvela il mistero. Annulla l'irradiazione. *Sono ossa di un cadavere.* Non un demone ne è fuoriuscito[68].

> La giornata comincia bene, come tutte, come sempre. L'ultimo grido: cereali, soia, rame, fotovoltaico. Là ci sono i Miei, lí c'è l'Io e il Mio, tutto schizza verso l'alto. Facile, scontato. Dollaro scende, non si fermerà. Gli americani sono fottuti, non durano dieci anni. La sorte dei buzzurri. La genetica non è un'opinione[69].

Nel recensire un romanzo «neoepico» di cui non importa citare il titolo, Valerio Evangelisti scrive:

> Si indovina che ogni riga, ogni parola, devono avere richiesto uno sforzo consistente, non tanto per essere espresse, quanto per celare il virtuosismo che le sottende. Non so quanti lo comprenderanno. Dalle nostre parti capita che sia esaltata la maestria di chi sbatte in faccia al lettore il tormento stilistico da cui è stato rapito, mentre accumulava frasi su frasi indirizzate a *épater le bourgeois*. È il «manzonismo degli stenterelli».

Nel suo *Il piacere del testo* (1973), Roland Barthes scrive:

> Per sovvertimento sottile intendo [...] quello che non s'interessa direttamente alla distruzione, schiva il paradigma e cerca un *altro* termine: un terzo termine, che non sia però un termine di sintesi, ma un termine eccentrico, inaudito. Un esempio? Bataille, forse, che schiva il termine idea-

---

[68] G. Genna, *Hitler*, Mondadori, Milano 2008, p. 615.
[69] Wu Ming, *Previsioni del tempo*, Edizioni Ambiente, Milano 2008, p. 27.

lista con un *inatteso* materialismo, dove prendono posto il vizio, la devozione, il gioco, l'erotismo impossibile, eccetera; cosí, Bataille non contrappone al pudore la libertà sessuale, ma... *il riso*[70].

Ricerca di un terzo elemento che sia eccentrico rispetto a una coppia di opposti data come problema.

Ipotizziamo quale coppia di opposti «lingua di servizio» *vs* «manzonismo degli stenterelli».

Il terzo elemento eccentrico potrebbe essere una lingua (letteralmente) *inaudita*, che senza inutile chiasso penetri nella mente e sciolga la barriera tra «quel che è al di qua e quel che è al di là» del suono (per dirla con Kerényi che parla di Virgilio)[71].

Nel secondo canto dell'*Eneide* Laocoonte sta sacrificando un toro:

> *Laocoon, ductus Neptuno sorte sacerdos,*
> *sollemnis taurum ingentem mactabat ad aras*
>
> [Eletto sacerdote di Nettuno, Laocoonte
> un enorme toro ai piedi dell'ara solenne uccideva]

In quel momento, Laocoonte è assalito da due serpenti, parte una sequenza d'azione e il toro non viene piú menzionato. Svanisce.

Ma svanisce soltanto in apparenza, al livello della descrizione degli eventi. La sua sorte è raccontata a un altro livello, attraverso una similitudine e un

---

[70] R. Barthes, *Il piacere del testo*, Einaudi, Torino 1975, p. 54.
[71] K. Kerényi, *Virgilio*, Sellerio, Palermo 2007. Da questo libro (pp. 60-61) è tratto l'esempio che segue, introdotto dalla frase: «Oggetto e mezzo espressivo sono un tutt'uno, la componente "contenutistica", entrando nell'illimitata e onnipotente lingua, è anche quella "artistica"».

SENTIMIENTO NUEVO

particolare «colorito fonico». Le grida di Laocoonte sono:

> *qualis mugitus, fugit cum saucius aram*
> *taurus et incertam excussit cervice securim*
>
> [come muggito di toro che fugge dall'ara
> scuotendo via la scure che l'ha solo ferito]

In questi due versi, su ventisette sillabe ben undici contengono una *u*. Onomatopea del toro.

Questa è la lingua dell'epica in una forma «pura» e massimamente raffinata. È raro ottenere simili risultati, ma quel che intendo per «sovversione nascosta» si avvicina al modello come un asintoto: ciò che conta è il movimento. Sovversione «nascosta» sí, ma nel cervello, dopo esservi penetrata con la lettura. Nascosta sí, ma già operante, nascosta come si nascondono i guerriglieri pronti all'imboscata.

Nel respiro lungo, la lingua – la percezione della lingua – ne risulta dissestata e investita di nuove connotazioni. «Respiro lungo» significa che l'effetto è cumulativo: non è il periodo né la pagina l'unità di misura, ma l'opera nel suo complesso, e per «opera» non intendo solo ciò che è racchiuso nei confini dell'oggetto-libro, «opera» è il lavoro che continuano a compiere le frasi memorabili rimesse in gioco nel mondo, nei loro rimbalzi su siti, blog, *tumblr*, *twitter*, *fan fiction*, *mash-up*... È la transmedialità» della lingua. L'epicentro rimane letterario, ma il sisma arriva ovunque.

Sarebbe un grave difetto di prospettiva non rendersi conto di tutto questo lavoro «sottotraccia», e assumere in fretta che ci troviamo di fronte a una lingua «media» e «mimetica» nell'accezione piú banale (cioè che imita il parlato). Anche il frequente uso dell'anacoluto non ha soltanto il fine di «riprodurre la lingua di tutti i giorni», ma è un altro esempio di lavoro sui nessi logico-sintattici.

La «prova del nove» è quella della traduzione, e lo dico per esperienza diretta e ricorrente: i traduttori *impazziscono* su certi testi, l'autore deve seguire i lavori passo passo, perché ha usato le parole e le frasi in modi che al traduttore suonano «strani».

In un mondo in cui i media tendono a «connotare al ribasso» ogni parola, a omologare e appiattire il linguaggio, la lingua del New Italian Epic – non interessandosi direttamente alla distruzione, ma «schivando il paradigma» (decisamente banale e puerile) dell'avanguardia che «spacca tutto» – ha indicato una possibilità di controcanto.

10. *Cenni di genealogia dell' UNO italiano*[72].

La narrativa d'invenzione (*fiction*) e il giornalismo (non quello delle *news*: quello dei *features*, dei reportage) si sono incrociati, imitati, contagiati fin dalle origini di quest'ultimo. Sovente i cronisti sono diventati romanzieri, o i romanzieri hanno scritto su giornali.

In passato, però, esisteva un «doppio binario»: la produzione narrativa e quella giornalistica/saggisti-

---

[72] Il seguente paragrafo è tratto da un mio vecchio articolo su *Gomorra* di Saviano, *Appunti sul come e il cosa di «Gomorra»*, supplemento a «Nandropausa», n. 10, wumingfoundation.com, 25 giugno 2006. È un rimontaggio, con alcune modifiche, della parte centrale di quel testo.

ca di un autore «dialogavano» tra loro, ma da posizioni distinte, e spesso si notava un dislivello. John Reed fu un meraviglioso reporter, grande narratore di accadimenti realmente vissuti, ma i suoi tentativi di romanzo erano pietosi, e infatti sono finiti nel dimenticatoio[73]. Anche a parità di resa qualitativa, si trattava comunque di due percorsi distinti: nei romanzi, la prosa di Dos Passos non è la stessa usata nel ricostruire il caso di Sacco e Vanzetti[74]. Quando Émile Zola scrive del caso Dreyfus, la sua lingua non è la stessa di *Germinal*.

A sancire la separazione in modo *drammatico* (nel senso di «plateale»), esistono casi in cui un romanziere smette di scrivere *fiction* e si dedica interamente ai reportage: Jean Genet dopo il 1961.

Nella seconda metà del Novecento alcuni autori, ciascuno seguendo la propria via, realizzano una piena, completa fusione tra *fiction* e giornalismo.

L'espressione «*non-fiction novel*» (romanzo di cose vere, inchiesta scritta come romanzo) viene usata per la prima volta all'uscita di *In Cold Blood* di Truman Capote, nel 1966[75]. Ma quell'anno sono già successe molte cose. Negli Stati Uniti degli anni Sessanta, la simbiosi tra letteratura e reportage si va realizzando in modo clamoroso con il cosiddetto *new journalism*, autori come Tom Wolfe, George Plimpton, Gay Talese, Hunter S. Thompson... Scri-

---

[73] Cfr. la biografia scritta da R. A. Rosenstone, *John Reed rivoluzionario romantico*, Editori riuniti, Roma 1976.
[74] J. Dos Passos, *Davanti alla sedia elettrica. Come Sacco e Vanzetti furono americanizzati*, Edizioni Spartaco, Santa Maria Capua Vetere 2005.
[75] T. Capote, *A sangue freddo* [1ª ed. it. 1966], Garzanti, Milano 2005.

vere l'inchiesta-romanzo, reportage ipersoggettivi, *immersivi*. I due binari convergono, si uniscono.

Oggi il reportage soggettivo o immersivo, realizzato con tecniche di narrazione letterarie, è ovunque moneta corrente. Tanti, anche in Italia, lavorano nell'intersezione tra letteratura e giornalismo. *Gomorra* non è importante perché fonde letteratura e giornalismo, *fiction* e *non-fiction*: quello lo fanno in molti. *Gomorra* è importante per *come* lo fa.

Un ultimo sguardo all'indietro.

Esiste un libro la cui pubblicazione ha rappresentato uno spartiacque tra il passato prossimo e il presente. Il piú importante *non-fiction novel* di fine secolo: *My Dark Places* di James Ellroy[76]. Autobiografia, *Recherche* capovolta, confessione lacerante, discesa agli inferi e risalita, inchiesta sull'omicidio della madre, reportage sull'inchiesta, storia del poliziotto di Los Angeles Bill Stoner, e tante altre cose, con l'inserimento di referti autoptici, articoli di giornale eccetera.

Negli anni ho discusso con diversi colleghi scrittori (quelli che sento piú vicini, piú affini). *My Dark Places* è uno dei titoli piú citati. Quel libro indefinibile ha aperto piste tra i neuroni e spronato a forzare i limiti. Non si trattava di seguire l'esempio ellroyano, di scimmiottare quella sorta di *harakiri* morale: non è possibile fare un libro «à la» *My Dark Places*, ma è possibile trarne spunti per sfidare le idee correnti sulla scrittura.

---

[76] J. Ellroy, *I miei luoghi oscuri*, Bompiani, Milano 2000.

A partire dagli anni Novanta diversi romanzieri italiani hanno percorso le strade dell'oggetto narrativo non-identificato, scrivendo inchieste come se fossero romanzi, romanzi scritti come ricerche di storia orale, automitobiografie spacciate per romanzi o reportage, commistioni di romanzo storico e saggistica, eccetera. In molti di questi casi, anziché la compiuta fusione realizzata da James Ellroy, si è avuta una mera giustapposizione, o un trapianto mal eseguito, con conseguente rigetto. Aspettavamo tutti un oggetto narrativo all'altezza dell'intento. Quell'oggetto oggi è qui, e racconta i «luoghi oscuri» di un intero paese.

Sbandando e sbattendo contro le sponde, *Gomorra* s'infila con furia giú per questo scivolo. Non è un «Gronchi rosa» delle Patrie Lettere né una bestia chimerica sbucata dal nulla. Si inserisce in un contesto nazionale e internazionale, in una continuità tra passato e presente. A distinguerlo è una sorta di extrasistole che altera il battito della tradizione. Quell'aritmia è il suo contributo a inaugurare un futuro.

Il modo in cui Saviano realizza la simbiosi tra letteratura e giornalismo è talmente straniante da sembrare *ineffabile*. In realtà è comprensibile, descrivibile, analizzabile, solo che prima occorre liberarsi di alcuni pregiudizi e arretratezze.

Gomorra è costruito su fonti primarie, scritte e orali. Atti di istruttorie, verbali di dibattimenti, carte di polizia, interviste, soggiorni immersivi (come certi corsi di lingue) nei territori della camorra. Ma se questo libro fosse stato semplicemente un reportage, non ci avrebbe fatto capire tante cose sul «Sistema», non ci avrebbe comunicato il senso che la camorra riguardi tutti noi e non solo i campani, non ci avrebbe fatto riflettere sul nucleo criminogeno del capitale e il suo modo di produrre innovazione, non ci avrebbe messo sottopelle l'urgenza di interrogare le dinamiche del mercato e del consumo.

Alla fine dei giochi, non esiste separazione tra il «come» e il «cosa». Senza capire il come, non si capisce il cosa. È *politicamente* importante interrogarsi su com'è costruito il libro, a cominciare dalla natura cangiante dell'io che narra.

11. *Il popolare*.

Nella prima parte del memorandum questo punto è rimasto poco piú di un accenno. È necessario dire qualcosa di piú. All'uopo riporto un brano della nostra prefazione al fondamentale saggio-*monstre* di Henry Jenkins *Cultura convergente* (2007):

> In Italia per «cultura popolare» si intende di norma quella folk, preindustriale o comunque sopravvissuta all'industrialismo. «Cultura popolare» sono i *cantores* sardi o la tarantella.
>
> Chi usa l'espressione in un contesto differente, di solito si riferisce a quella che in inglese si chiama *popular culture*. Qui da noi siamo soliti definirla «cultura di massa», espressione che ha un omologo anche in inglese (*mass culture*), ma Jenkins fa notare che il nome ingenera un equivoco, e inoltre c'è una sfumatura di significato tra *mass culture* e *popular culture*.
>
> L'equivoco è che la «cultura di massa» - veicolata dai mass media (cinema, Tv, discografia, fumetti) - non per forza dev'essere consumata da grandi masse: rientra in quel-

la definizione anche un disco rivolto a una minoranza di ascoltatori, o un particolare genere di cinema apprezzato in una nicchia underground. Oggi la stragrande maggioranza dei prodotti culturali non è *di massa*: viviamo in un mondo di infinite nicchie e sottogeneri. Il *mainstream* generalista e «nazionalpopolare» è meno importante di quanto fosse un tempo, e continuerà a ridimensionarsi.

La sfumatura di significato, invece, consiste in questo: *cultura di massa* indica come viene trasmessa questa cultura, vale a dire attraverso i mass *media; cultura popolare* pone l'accento su *chi* la recepisce e se ne appropria. Di solito, quando si parla del posto che la tale canzone o il tale film ha nella vita delle persone («La senti? È la nostra canzone!»), o di come il tale libro o il tale fumetto ha influenzato la sua epoca, si usa l'espressione *popular culture*.

Il problema è che il dibattito italiano sulla cultura pop novanta volte su cento riguarda la spazzatura che ci propina la televisione, come se il *popular* fosse per forza quello, mentre esistono distinzioni qualitative ed evoluzioni storiche [...]. Ci sono due schieramenti l'un contro l'altro armati – e dalle cui schermaglie dovremmo tenerci distanti: da un lato, quelli che usano il «popolare» come giustificazione per produrre e spacciare fetenzie; dall'altra, quelli che disprezzano qualunque cosa non venga consumata da un'élite.

Sono due posizioni speculari, l'una sopravvive grazie all'altra[77].

Le opere Nie stanno nel *popular*, lavorano con il *popular*. I loro autori tentano approcci azzardati, forzano regole, ma stanno dentro il *popular* e per giunta con convinzione, senza snobismi, senza il bisogno di giustificarsi di fronte ai loro colleghi «dabbene». Per questo nella mia «catalogazione» del Nie sono

---

[77] Wu Ming, prefazione a H. Jenkins, *Cultura convergente*, Apogeo, Milano 2007, pp. VII-VIII.

assenti opere che in inglese definiremmo *highbrowed*, scritte con pretese di superiorità, intrise di disprezzo per le espressioni culturali piú «plebee». Opere, insomma, che conferiscono *status*, i cui autori (e lettori!) puntano alla letteratura «alta», a «elevarsi» fino a essere accettati in qualche parnaso di stronzi.

Per capire meglio l'approccio Nie, può essere utile una riflessione di Alessandro Zaccuri sulle differenze tra immaginario gnostico e immaginario cristiano.

Nella comunicazione gnostica

> [...] il tutto non ha senso fino a quando anche l'ultimo dettaglio non sia stato decifrato [...]. All'efficacia della liturgia subentra la segretezza dell'iniziazione... La creazione non è un libro aperto, ma un cifrario che esige di essere violato[78].

Al contrario, nella comunicazione cristiana (per esempio nell'opera sacra) dev'esserci sempre una comprensibilità in linea di massima, una efficacia *di primo acchito*:

> Per quanto fitta di simboli e rimandi teologici, un'opera d'arte sacra è caratterizzata da un'efficacia liturgica. Essa passa per l'impatto spirituale che il capolavoro esercita su chi lo contempla e soltanto in un secondo tempo conduce all'eventuale decifrazione dei singoli elementi [...]. L'osservazione vale per il mosaico di Otranto e per la *Commedia* di Dante, per la cattedrale di Chartres e per la musica di Bach [...] è il tutto che dà senso ai dettagli[79].

Io, ateo, ritengo *cruciale* questa distinzione tra due approcci, dunque la riprendo *mutatis mutandis*,

---

[78] A. Zaccuri, *In terra sconsacrata*, Bompiani, Milano 2008, p. 122.
[79] *Ibid.*, p. 121.

la riprendo come metafora: i romanzi di cui sto parlando hanno (o almeno cercano) un'efficacia *di primo acchito*, sono leggibili e godibili anche senza decrittarne ogni aspetto, riconoscerne ogni citazione, rilevarne ogni arditezza stilistica o tematica. C'è un «primo livello» di fruizione, dove si affronta l'opera come *un tutto*. È l'avvio del rapporto autore-lettore, l'inizio della *liturgia*. Solo dopo aver goduto dell'opera in questo modo (ed è un «dopo» causale, non strettamente *temporale*) è possibile prestare attenzione ai dettagli. I dettagli hanno senso perché c'è il tutto. La sperimentazione avviene nel *popular*.

12. *Allegoria, mitologema, allegoritmo.*

Ricapitoliamo: il livello allegorico profondo è quello che «rinviene» (*riprende i sensi*) nell'opera quando provo la sensazione che essa, parlandomi di un mondo e di un tempo altri, stia in realtà parlando del mondo e del tempo in cui vivo. Ad esempio, ogni volta che si parla di terrorismo c'è chi evoca *I demoni* di Dostoevskij. L'opera parla della Russia zarista, eppure ogni volta che la leggiamo abbiamo la forte sensazione che parli di noi oggi, che la «chiave» apra un sistema di riferimenti a Br, anarco-insurrezionalisti, eccetera. Quella è l'allegoria profonda dell'opera.

Nel memorandum mi riferisco a Robin Hood, il racconto piú noto del mitologema «darsi alla macchia». L'allegoria profonda di Robin Hood rinviene a ogni generazione, perché a ogni generazione qualcuno sogna di fare casino intorno al Palazzo di un potere usurpatore, e di essere amato dal popolo per questo. Poi arriva *I demoni*, allegoria profonda di ciò che accade se si resta prigionieri dell'allegoria profonda di Robin Hood.

Il modo in cui parlo di «allegoria» prende le mosse da riflessioni di Walter Benjamin: l'allegoria è aperta e ha in sé qualcosa che la fa eccedere, sbandare, diventare altro (l'*allos* contenuto nel nome). Per questo non parlo di «simbolismo». Mentre «allegoria» ha l'etimo già spiegato, «simbolo» deriva dal verbo greco *syn-ballein* («gettare con», «gettare insieme», nella stessa direzione, cioè accumulare, raggruppare diverse cose). Il simbolismo è la versione nobile dell'allegoria *à clef*. Mentre nel simbolismo c'è un movimento centripeto, un convergere di segno e cosa, nell'allegoria c'è un possibile movimento centrifugo, un divergere. Su questo divergere, su questo potenziale di novità, Benjamin basa la propria idea di un'allegoria che continui a «parlare altro», a essere «riattivata» e rinnovata ogni volta che la si legge, anche col cambiare delle epoche.

L'allegoria profonda è una potenzialità insita nell'opera, immessa nell'opera dal modo e dal contesto in cui essa è nata e si è formata, dal modo in cui il mitologema è stato trattato, eccetera. La potenzialità ha innumerevoli modi di divenire «atto» (atto interpretativo da parte del lettore), perché in potenza innumerevoli sono i lettori. Questi passaggi dalla potenza all'atto dipendono da come l'opera «ri-impasta» il mitologema e le connessioni archetipiche, intercettando e dando voce a pulsioni profonde, *tópoi* che ricorrono nella vicenda umana. *I demoni* (romanzo) e Robin Hood (insieme di leggende, ballate, romanzi e film) sono narrazioni cristalline, che toccano un comune denominatore, rappresentano in modo efficace e toccante aspetti del nostro convivere che si ripropongono in ogni periodo storico.

«Allegoritmo» è una suggestione. L'ho definito un «sentiero nel fitto del testo». L'allegoritmo è un percorso, sequenza di passi che portano nell'allegoria profonda. A colpi di machete sfrondiamo l'intreccio, scendiamo il versante della collina fin giú nella valle delle connessioni archetipiche, tocchiamo il mitologema (o *i* mitologemi) su cui poggia l'opera, studiamo come l'autore lo abbia riplasmato e «ricaricato», ne ammiriamo i riverberi allegorici sull'oggi.

Ogni testo ha uno o piú allegoritmi, filza d'istruzioni da seguire lascamente, improvvisando, dall'orlo-superficie del testo fino al mitologema e ritorno.

Al lettore trovarli.

Noi dobbiamo essere i genitori[80]
La «valle perturbante» della nuova narrativa
e la necessità di immaginare il futuro,
oltre i blocchi emotivi che ostruiscono la visione

di Wu Ming 1

Alla vigilia di Capodanno del 2005 ricevetti una telefonata da un collega, uno scrittore italiano di nome Giuseppe Genna, nato e residente a Milano. Mi chiamò nel tardo pomeriggio e mi chiese cosa avrei fatto per festeggiare l'anno nuovo. Gli risposi che, poiché mia figlia aveva solo pochi mesi e la mia compagna aveva bisogno di un po' di respiro, avevo deciso di restare a casa, mentre lei sarebbe uscita con alcune amiche. Per la prima volta dopo piú di vent'anni, avrei trascorso in casa la notte di Capodanno. Il mio piano era rileggere *Il conte di Montecristo* vegliando sulla bimba che dormiva.

Chiesi a Giuseppe cosa avrebbe fatto lui. Disse che sarebbe andato a una festa, benché di malavoglia. Aveva appena sentito il padre ed era preoccupato per lui. Da alcuni anni, suo padre Vito lottava contro il cancro. Di recente i medici avevano informato la famiglia che non c'era piú niente da fare. Era questione di pochi mesi.

Vito viveva solo, molti dei suoi amici erano già morti, e non aveva intenzione di uscire. Lo aveva

---

[80] Discorso d'apertura alla conferenza *The Italian Perspective on Metahistorical Fiction: The New Italian Epic*, Institute of Germanic and Romance Studies, University of London, 2 ottobre 2008.

detto in modo risoluto: sarebbe rimasto a casa, era stanco e voleva coricarsi presto.

Il pensiero di quell'uomo vecchio e morente che passava il Capodanno da solo nel suo appartamento quasi mi spezzò il cuore. Mi identificai con lui: da poco ero un padre anch'io, e avrei trascorso il Capodanno in casa per la prima volta nella mia vita adulta. Giuseppe e io avevamo entrambi trentacinque anni, e pensai: che ne sarà di me, fra trentacinque anni a partire da stasera?

A ogni modo, fu una piacevole nottata, il ronfare della bimba era rilassante e il libro grandioso. *Il conte di Montecristo* è sempre grandioso.

Ventiquattr'ore dopo mi squillò il cellulare e il nome di Giuseppe riapparve sul display. Risposi, e mi disse: – Sono da mio padre. Io e mia sorella lo abbiamo chiamato tutto il giorno, ma non rispondeva. Ho appena sfondato la porta; è per terra, ha addosso il pigiama. È morto. Ha le mani blu, penso abbia avuto un infarto mentre andava a letto.

L'attacco di cuore aveva salvato Vito Genna dall'agonia del tumore.

Io vivevo in un'altra città, non potevo essere di alcun aiuto e non ero nemmeno uno degli amici intimi di Giuseppe. Come mai, trovando il corpo di suo padre, mi aveva incluso tra le primissime persone da avvisare?

Dapprima pensai che, nella sua mente, avesse fatto la mia stessa associazione di idee: ero un padre, come Vito; avevo passato la notte di Capodanno in casa, come Vito aveva intenzione di fare.

In seguito capii che c'era qualcosa di piú, e me lo confermò egli stesso: aveva sentito il bisogno di chiamare un altro scrittore, perché stava vivendo un'esperienza allegorica soverchiante.

Certo, ogni volta che muore un genitore possono entrare in gioco dense metafore e allegorie, ma quella morte aveva connotazioni particolari.

Vito Genna era stato un solido attivista del Partito comunista italiano, il piú grande e peculiare dei partiti comunisti dell'Occidente, in grado di raggiungere il trentatre per cento dei voti alle elezioni politiche e mobilitare milioni e milioni di persone. Il partito non esisteva piú dal 1991 ed è una storia troppo lunga da raccontare, basti dire che negli ultimi vent'anni tutta la sinistra italiana ha subito una lunga crisi e ora è praticamente scomparsa, almeno nelle sue articolazioni strettamente politiche. Col tempo l'intera sinistra politica ha perso ogni orientamento su cosa essere e che fare, fino a commettere un suicidio di massa. Dopo le ultime elezioni, per la prima volta dopo la caduta del regime fascista, in Italia non c'è piú un gruppo parlamentare che faccia riferimento al socialismo. L'Internazionale socialista, organizzazione mondiale con affiliati in centosettanta paesi, non ha piú alcun rappresentante nel parlamento italiano. Nemmeno uno. È un sisma culturale, annunciato da innumerevoli scosse preliminari.

Al giorno d'oggi, tra le città d'Italia, una delle piú a destra è Milano. Non solo è la capitale simbolica del movimento xenofobo chiamato Lega Nord, ma conta anche aggressivi gruppi di ultradestra.

Pochi anni fa un attivista di sinistra di nome Davide Cesare fu ucciso a coltellate da neonazisti.

Meno di due settimane fa c'è stato un omicidio razzista in pieno giorno, un diciannovenne nero di nome Abdoul Guibre è stato picchiato a morte da due baristi – padre e figlio – per aver rubato un pacchetto di biscotti. Lo hanno inseguito gridando: «Negro di merda», e lo hanno ucciso per strada, di fronte a testimoni, senza ritegno né pudore.

Il razzismo divora l'Italia come un cancro e Milano è in posizione avanzata. Un milanese che creda nella solidarietà può sentirsi frustrato e anche un po' solo, di tanto in tanto.

Il padre di Giuseppe Genna aveva dedicato buona parte della vita a un partito che non esisteva più, nella speranza di una rivoluzione che non c'era stata, nel quadro di una sinistra politica che moriva in metafora mentre lui moriva *alla lettera*, moriva di cancro in un appartamento desolato di una città desolata e conquistata dalla destra tanto tempo prima. Un infarto improvviso gli aveva risparmiato mesi di strazio, e il figlio aveva sentimenti contrastanti: aveva il cuore a pezzi, ma provava anche sollievo.

Il figlio sapeva che la morte del padre stava per la morte di un'epoca, la morte di un mondo. Il lutto per il padre era anche il lutto per l'epoca. L'elaborazione del lutto si annunciava dura.

Giuseppe Genna elaborò il lutto scrivendo un libro molto strano intitolato *Medium*. Ritengo quest'opera una delle piú rappresentative di ciò che chiamo «New Italian Epic». Non necessariamente una delle migliori, ma di sicuro una delle piú emblematiche.

Pur essendo un autore discretamente noto, i cui libri sono pubblicati presso grandi editori e sovente tradotti in altre lingue, Genna scelse di non dare *Medium* a nessuna casa editrice. Il libro è disponibile come ipertesto sul sito dell'autore, e come libro rilegato su lulu.com, un editore on-line che stampa copie singole a richiesta.

Genna spiegò di volere un rapporto coi lettori piú intimo, personale e delicato. Pensava che leggere il libro direttamente dal sito, a un solo clic di distanza dalla possibilità di spedire un commento, o in alternativa avere il libro stampato apposta per te, potesse creare un'atmosfera piú intima. E aveva ragione: pochi giorni dopo la messa on-line, iniziò a ricevere e-mail di lettori che avevano da poco perso un genitore e volevano condividere quel dolore e quell'esperienza. Alcuni fecero commenti molto perspicaci sull'aspetto storico e politico della morte di Vito.

Le prime trentanove pagine di *Medium* narrano nei minimi dettagli la notte e il giorno che Genna trascorse accanto al cadavere del padre. Dopo il ritrovamento del corpo, scivolò in un incubo burocratico. Il primo di gennaio, nell'intero circondario milanese, non c'era un medico necroscopico disponibile a venire e firmare un certificato di decesso. Senza quel certificato, l'impresa di pompe funebri non poteva prelevare il corpo. Genna rimase a lungo in quella stanza, parlò di morte con il becchino, ricevette amici e parenti, fantasticò selvaggiamente sul padre, il passato, il futuro, i sogni infranti del socialismo, l'eredità del XX secolo e cosí via. *Medium* fu interamente concepito in quelle ore.

Dopo le esequie, il libro passa a un registro del tutto diverso. Dal secondo capitolo la narrazione inizia a deviare: un viaggio in Germania Est che Vito Genna fece davvero nel 1981 diviene il momento centrale nella scoperta di una realtà alternativa, di una storia alternativa, di una vita alternativa del padre, di una possibilità alternativa di elaborare il lutto. Tutto accade sullo sfondo della Guerra fredda, e ha un ruolo indefinibile eppure importante lo scomparso Peter Kolosimo, negli anni Settanta autore di saggi di enorme successo. Per farla semplice, Kolosimo sosteneva che tutte le civiltà umane dall'alba dei tempi avessero origini extraterrestri, che il nostro pianeta fosse stato colonizzato da alieni e che tutte le culture del mondo recassero i segni di tale colonizzazione. Era un personaggio molto popolare, quando Genna e io eravamo bambini.

Il fatto che Kolosimo fosse un comunista dichiarato e coltivasse apertamente rapporti con il Blocco orientale è il pretesto che lega quest'autore al viaggio del 1981 in Germania Est.

Dopo aver stabilito il collegamento, Giuseppe Genna veste i panni di Telemaco e si reca a sua volta in Germania, in cerca di tracce di suo padre. Là incontra alcuni loschi personaggi, ciascuno dei quali offre un'interpretazione del Novecento, della Guerra fredda e delle illusioni del comunismo. Ognuno di loro rivela qualcosa sul padre di cui Genna era ignaro. Emerge un legame forte tra l'esistenza di Vito Genna e il modo in cui il futuro veniva immaginato in quel passato, nell'epoca che Giuseppe va esplorando all'indietro.

Alla fine, si stabilisce un legame ancor piú forte fra la morte di Vito e la nostra difficoltà a immaginare il futuro. La nostra visione del futuro è ostruita da troppi blocchi emotivi, e abbiamo bisogno di focalizzare su ciò che sta oltre, di sforzare il nostro sguardo per superare quegli ostacoli.

Medium termina con un'appendice di testi che Genna chiama «rapporti di visualizzazione». Tali documenti furono presuntamente scritti negli anni Settanta da un comitato di veggenti comunisti, tra i cui membri vi era Vito. Il gruppo segreto era nato su ordine del governo comunista e il suo compito era predire il futuro, tuttavia lo sguardo extrasensoriale coglie tanto un remotissimo futuro quanto un remotissimo passato. L'apparire di questi rapporti sorprende il lettore, che resta a tratti turbato, divertito, depresso e galvanizzato. Ecco un esempio:

> Lontano è vicino e vicino è lontano. Senza luce, vedo vicinissimo una guglia, costruita da una specie che non è la nostra. Visiono altre galassie, macchia cosmica, ali nere. Una processione di esseri deformi, dall'epidermide viscosa, tripodi, procede nel buio verso la torre immensa che culmina nella guglia che ho visionato. [...] Il momento risale a due milioni di anni addietro alla formazione della vita sulla Terra. La processione discontinua di questi esseri: nel buio visualizzo un deserto petroso, nessun astro a illuminare la notte. Pianeta che loro chiamano «Nglah», cioè «Il Sempre». Canto rituale [...]: «Ala siderale, alimenti di foschia. Vivente minerale, rosa di pietra. Convoglio sepolto, sorgente di pietra. Arca misteriosa, luce di pietra. Squadra equinoziale, vapore di pietra. Geometria finale, pensiero di

pietra». La processione giungerà alla torre, che sembra cosí vicina e invece dista centinaia di chilometri, nell'arco di sei rotazioni del pianeta...[81].

Immaginando una realtà alternativa in cui suo padre aveva una doppia vita, e interrogandosi su come avrebbe elaborato il lutto in quella realtà, Genna rende omaggio al padre, alle sue convinzioni, ai sogni, alle illusioni. Descrivendo il padre come un veggente, Genna lo omaggia *in questa realtà*, lo omaggia per aver almeno immaginato un futuro, impresa che le ultime generazioni trovano molto difficile. In questo modo, Genna elabora il lutto e rende l'elaborazione importante per tutti noi.

L'allegoria profonda della morte di Vito è ormai giunta in superficie. Il lutto è divenuto una ricerca, una spedizione cavalleresca nello spazio e nel tempo, un viaggio iniziatico. Lo sguardo è stato forzato, e il punto di vista reso inatteso. Una questione personale si è trasformata in meditazione sui destini della nostra specie, del nostro pianeta, del nostro cosmo. Come sopra cosí sotto, e ovviamente viceversa.

Questo è quello che chiamo «New Italian Epic».
I suoi tratti principali sono:
– impegno etico nei confronti dello scrivere e del narrare, il che significa: profonda fiducia nel potere *curativo* della lingua e delle storie;
– un senso di necessità *politica*, e potete scegliere fra il senso stretto e il senso lato dell'aggettivo;

---

[81] G. Genna, *Medium*, acquistabile su lulu.com, 2007, pp. 259-60.

– la scelta di storie che abbiano un complesso valore allegorico. La scelta iniziale può anche non essere conscia: l'autore può sentirsi sospinto verso quella storia e soltanto in seguito capire cosa stava cercando di dire;

– un'esplicita preoccupazione per la perdita del futuro, con propensione a usare fantastoria e realtà alternative per sforzare il nostro sguardo e spingerci a immaginare il futuro;

– sovversione sottile dei registri e della lingua. «Sottile» perché quel che conta non è la sperimentazione linguistica fine a se stessa: quel che conta è raccontare la tua storia in quello che senti essere il miglior modo possibile;

– sintesi di *fiction* e *non-fiction* diverse da quelle a cui eravamo abituati (ad esempio, il *gonzo journalism* alla Hunter S. Thompson), un modo di procedere che oserei definire «distintamente italiano», e che genera «oggetti narrativi non-identificati»;

– ultimo ma certamente non ultimo, un uso «comunitario» di Internet al fine di – qui utilizzo un'espressione di Genna – «condividere un abbraccio con il lettore».

Parecchi libri usciti in Italia negli ultimi anni hanno in comune tutte o molte di queste caratteristiche. Ciascuno di essi è peculiare, e a volte un libro, se ci fermiamo alle prime apparenze, non ha alcuna somiglianza con quelli accanto: stili diversi, storie diverse, ambientazioni diverse, generi in apparenza diversi. Eppure, se scendiamo abbastanza in profondità, vedremo che tutte queste opere sono in reciproca risonanza.

La piú famosa e riuscita è senz'altro *Gomorra* di Roberto Saviano, libro che ha venduto all'incirca un milione e mezzo di copie ed è entrato a tamburo battente nella cultura di massa italiana.

In *Gomorra* la sintesi di *fiction* e *non-fiction* è talmente sottile da toccare vette di perturbante. Il libro si presenta come un energico resoconto sul crimine organizzato di Napoli e dintorni, e su come questo operi nell'economia globalizzata. Di certo lo stato di cose che descrive è terribilmente reale, eppure questo non è normale giornalismo: vi sono anche capitoli autobiografici e introspettivi, in molti passaggi la prosa si fa visionaria, l'io narrante ha frequenti allucinazioni e «dirotta» i punti di vista di altre persone, giocando intenzionalmente sulla confusione tra l'autore, il narratore e un io narrante che non appartiene a nessuno dei due. Alessandro Vicenzi ha ricapitolato la questione nel modo piú semplice ed efficace:

> Saviano usa indifferentemente i dati dei rapporti della polizia e le sentenze e le sue esperienze personali, e racconta la camorra scegliendo una forma che è quella della narrazione in prima persona, anche se chi dice «io» nel romanzo non sempre è il Roberto Saviano anagrafico, reale. Si scivola tra resa «letteraria» dei fatti e testimonianza, cronaca [...]. Se Saviano descrive in prima persona anche cose che non ha visto è perché quella è la forma piú potente con cui raccontarle, la piú adatta a far passare nel lettore una sensazione, la piú «immersiva». [...] Le barriere tra narrativa e cronaca non vengono superate: vengono semplicemente ignorate. Non so bene dove venga messo oggi *Gomorra*, nelle librerie. Credo che il successo gli permetta di risolvere ogni imbarazzo e di stare semplicemente in

quelle pile di best-seller all'entrata, che contengono di tutto, senza particolari distinzioni di genere[82].

Come dicevo poc'anzi, queste opere sono diverse dalle *non-fiction novels* o dai reportage ipersoggettivi nella tradizione del cosiddetto *new journalism* o del *gonzo journalism*. Mentre quel modo di scrivere ci è ormai familiare, queste opere sono piú inquietanti. Credo che l'aggettivo piú adatto sia «perturbante». Quando *Gomorra* è uscito nei paesi di lingua inglese (purtroppo in una traduzione mediocre), i recensori si sono chiesti cosa fosse. Ecco uno stralcio dalla recensione del «New York Times», scritta da Rachel Donadio:

> Ben piú problematica è la difficoltà di definire questo libro. In Italia, *Gomorra* è stato descritto come *docufiction*, il che fa pensare che Saviano si sia preso delle libertà nei suoi resoconti in prima persona. [L'editore americano] lo definisce un'opera di «giornalismo investigativo», espressione che suggerisce attente verifiche legali. Alcuni aneddoti sono sospettamente perfetti: il sarto che lascia il lavoro dopo avere visto in Tv Angelina Jolie alla notte degli Oscar con addosso un abito bianco fatto da lui in una fabbrica illegale; l'uomo che ama a tal punto il suo Ak-47 da andare in pellegrinaggio in Russia per incontrarne l'inventore, Michail Kalashnikov... Forse l'autore ha cambiato dei nomi? Se lo ha fatto, i lettori non ne sono informati. Non si tratta di cose da poco, e sarebbe stato il caso di chiarirle. Eppure la verità emotiva del reportage di Saviano è inattaccabile: questo libro coraggioso non mi è piú uscito di mente[83].

---

[82] S. Ronson [Alessandro Vicenzi], *New Italian Epic*, pubblicato sul blog buonipresagi.splinder.com, 6 giugno 2008.
[83] R. Donadio, *Underworld: «Gomorrah» by Roberto Saviano*, in «The New York Times», 25 novembre 2007.

Presumo che Rachel Donadio non abbia mai avuto simili perplessità leggendo un libro di Hunter S. Thompson. Nessuno si è mai preoccupato di cosa fosse vero e cosa fittizio nella scrittura di Thompson. Allora, in questo caso, dove sta la differenza?

La differenza è che *Gomorra* è ben lungi dall'essere un'opera ironica. Gomorra è m-o-r-t-a-l-m-e-n-t-e serio.

Forse lo sapete, «perturbante» è l'aggettivo con cui si traduce un termine usato da Sigmund Freud: *Unheimliche*. *Unheimliche* indica una cosa al tempo stesso respingentemente estranea e attraentemente familiare.

Come accade in *Medium* di Genna, anche in *Gomorra* un rapporto problematico tra il narratore e suo padre diviene emblema di una dimensione piú grande, fino a gettare luce sull'ambigua «doppia coscienza» di cui molti italiani del Sud sono dolorosamente consapevoli. Il narratore è figlio di una cultura che non può realmente abbandonare: anche se disprezza la mafia e la combatte, sa che quella mafia è parte di quella cultura, è coerente con quella cultura, che è anche la sua. Di fatto, il narratore condivide *frames* concettuali profondi con le persone che denuncia, e lo ammette presentandoci ricordi d'infanzia e conversazioni col padre. Agli occhi del narratore, la camorra è perturbante, al tempo stesso respingentemente estranea e attraentemente familiare. I lettori attraversano una «valle del perturbante», e Saviano ne attraversa un'altra, piú vasta, una valle sociale e antropologica.

«Valle del perturbante» è un'espressione coniata nel 1970 dall'ingegnere giapponese Mori Masahiro. L'ipotesi di Mori è che quando un automa avrà un aspetto e un comportamento *quasi* uguali a quelli umani, la reazione tra gli umani sarà di orrore e ripulsa. Secondo Mori, sarà il tipico caso in cui la notte è piú buia poco prima dell'alba, perché non appena l'automa avrà un aspetto e un comportamento *del tutto* uguali a quelli umani, la reazione tra gli umani sarà positiva. Questa fase di repulsione si chiama «valle del perturbante» perché è una flessione nell'andamento di un grafico.

Ora, lasciamo perdere gli automi. Io penso che questa sia una metafora utile a descrivere il modo in cui un lettore attento percepisce l'oggetto narrativo non-identificato.

C'è una fase in cui cominci a chiederti: com'è possibile che Saviano abbia assistito a una scena come questa? Camorristi che usano tossici come cavie per testare la roba appena arrivata, tossici che collassano dopo essersi fatti, gente lasciata a morire... Dove diavolo era Saviano per aver visto questa roba? Chi è l'io narrante? Se questo è giornalismo sotto copertura, qual è la «copertura» di Saviano? Dove si è nascosto? È lui il narratore? Sto leggendo un reportage giornalistico o sto leggendo un *romanzo* travestito da reportage giornalistico?

Eccovi giunti nella valle del perturbante dell'oggetto narrativo non-identificato. Non è detto che i lettori meno attenti facciano mai questa esperienza: di solito accettano tutto come vero.

Comunque sia, è soltanto una temporanea flessione nel grafico, perché procedendo nella lettura si comprende cosa Saviano sta cercando di fare, e non solo lo si accetta, ma ci si commuove, perché questa cosa funziona, e i dubbi e la ripulsa lasciano il posto all'ammirazione.

La mia ipotesi è che molti di quanti hanno criticato *Gomorra* per la sua «ambiguità» e accusato Roberto Saviano di aver «confuso i piani», non abbiano mai superato la flessione, e abbiano sospeso la lettura nel mezzo della valle del perturbante, senza mai uscirne.

Ogni oggetto narrativo non-identificato ha la propria valle del perturbante. Ad esempio, in *Medium* la troviamo al principio del secondo capitolo, subito dopo il funerale.

Una delle cose che piú colpiscono in *Gomorra* è l'ampiezza, la gittata del libro: il viaggio inizia al porto di Napoli e nelle trascurate periferie di quella città, ma poi Saviano ci porta in Russia, Bielorussia, Scozia, Stati Uniti, Spagna, in Medio Oriente, a Hollywood, in Colombia... Lo sguardo di Saviano fa incursioni in tutto il mondo, perché la criminalità organizzata italiana fa affari in tutto il mondo.

Niente per cui provare amor di patria.

Medium e *Gomorra* sono due esempi di New Italian Epic. Il mio utilizzo del termine «epic» cerca di mettere in gioco tutti i suoi significati e le connotazioni. L'ho scelto perché lo hanno usato molti lettori e recensori per descrivere questa letteratura, l'aggettivo spuntava qua e là su Internet, su blog e forum. Che intendeva dire quella gente? Di certo non si stava riferendo al «teatro epico» di Brecht, non stava usando il termine in modi criptici e sofisticati. Io sono tornato alle definizioni di base, al fondo di roccia dura su cui tutti appoggiamo i piedi. Ho afferrato il dizionario. Consultate l'*Oxford English Dictionary*[84] e scoprirete che *epic* si usa per:

 1 un lungo poema sulle gesta di grandi uomini e donne, o sulla storia passata di una nazione; 2 un lungo film, storia, eccetera, riguardante imprese coraggiose e avventure eccitanti; 3 un compito, attività, eccetera, che richiede molto tempo, è pieno di difficoltà e merita attenzione e ammirazione una volta portato a termine; 4 qualcosa degno di nota e ammirazione per via delle dimensioni e della natura delle difficoltà da sormontare; 5 qualcosa di molto grande, che ha luogo su grande scala.

Diamo un'occhiata piú da vicino.

«Grandi uomini e donne». Per essere grandi, non è necessario essere famosi. Vi sono grandi esseri umani la cui grandezza è riconosciuta solo dai loro amici. Non c'è bisogno di Napoleone, Cromwell o Florence Nightingale per scrivere un romanzo epico. Se ce li infili, è perché ti senti di farlo, ma non c'è alcun obbligo.

«La storia passata di una nazione». Il che non comporta per forza leccate di culo e propaganda patriottica, dato che le nazioni, solitamente, hanno storie di corruzione morale, genocidio, sfruttamento, ecce-

---

[84] *Oxford Avanced Learner's Dictionary*, quinta edizione, Oxford University Press, Oxford 1995, p. 387. Ho messo in fila tutte le definizioni di *epic* sostantivo ed *epic* aggettivo.

tera. E non è nemmeno necessario scrivere un romanzo storico per trattare della storia passata. *Medium*, ad esempio, non è un romanzo storico.

«Un compito pieno di difficoltà». Tentare di sforzare lo sguardo e riappropriarsi di un senso del futuro è una bella impresa, e i libri di cui sto parlando sono tutti molto ambiziosi per quel che riguarda la gittata.

Il che ci porta alle ultime due definizioni, dove l'enfasi è posta sulle dimensioni. Qualcosa «che ha luogo su grande scala». Di sicuro queste narrazioni non sono del tipo minimalista: ogni questione individuale diviene simbolica di questioni piú grandi, come lo stato del pianeta, eccetera.

Non era che l'inizio della mia riflessione sulla tonalità «epica» nella letteratura italiana recente. In realtà la riflessione non è soltanto mia, perché molte persone vi stanno contribuendo. Nella versione estesa del memorandum le cose si sono fatte molto piú complesse, proprio perché ho potuto far tesoro di quei contributi. Descrivo l'epica stessa come un particolare lavoro sulle connotazioni, ma approfondire questo aspetto mi porterebbe troppo lontano.

Adesso vorrei fare un passo indietro, perché ho menzionato lo stato del pianeta. Parliamone brevemente, perché è *il* punto cruciale.

Noi tutti veniamo dal mare. Siamo usciti dal mare tanto tempo fa e ci siamo evoluti in terraferma fino a diventare quel che siamo: esseri umani. Veniamo dal mare, ma il mare sta morendo. Il mare soffre di «ipossia», carenza di ossigeno dissolto. L'acqua di mare diventa «anossica», priva di ossigeno, e i pesci muoiono, tutta la vita acquatica muore[85].

Le aree in cui questo avviene sono dette «zone morte». L'estate scorsa chi conduce queste ricerche ne ha individuate centoquarantasei, e alcune sono enormi; ad esempio, la «zona morta» nel Golfo del Messico si estende in larghezza per oltre cinquecento chilometri, su una superficie di circa ventimila chilometri quadrati. È la superficie del Galles. Provate a immaginare un'area estesa quanto il Galles, del tutto priva di ossigeno e di forme di vita.

Qual è la causa? È una reazione a catena innescata dai fertilizzanti a base di azoto che usiamo in agricoltura. Quelle sostanze finiscono nei fiumi, i fiumi le portano al mare[86]. E pian piano il mare muore. Le «zone morte» sono una fra le diverse cause dell'estinzione dei pesci d'acqua salata. Le altre sono una pesca eccessiva e sregolata, l'inquinamento e le conseguenze del cambiamento climatico. Alcuni scienziati hanno previsto l'estinzione totale – estinzione totale – dei pesci d'acqua salata entro il 2050, se nessuno interviene a rallentare o invertire le tendenze

---

[85] Cfr. www.gulfhypoxia.net

[86] «La causa del fenomeno è ormai chiara agli scienziati. Un'area marina muore quando viene consumato gran parte dell'ossigeno in essa contenuta. [Ciò si verifica] quando arriva un eccesso di sostanze nutrienti, in particolare azoto e fosforo e loro composti, come conseguenza di un uso inopportuno di fertilizzanti in agricoltura [...]. In una cascata di effetti, queste sostanze dànno modo al fitoplancton (microrganismi vegetali) di moltiplicarsi a dismisura. Poiché di fitoplancton si nutre lo zooplancton (microrganismi animali), anch'esso cresce in modo smisurato. Quando questi organismi muoiono vengono decomposti da batteri in un processo che richiede grandi quantità di ossigeno, che viene sottratto al mare», in L. Bignami, *Le duecento zone morte degli oceani*, in www.repubblica.it, sezione *Scienza e tecnologia*, 22 ottobre 2006.

in corso[87]. Poco piú di quarant'anni a partire da adesso, niente piú pesci. Acque vuote di vita e piene di morte. E se muore il mare, la terraferma lo seguirà di lí a poco. Se il mare cessa di essere un ecosistema, nessun altro posto lo sarà piú.

0. *Qualcosa di nuovo sotto il sole.*

Ogni atto artistico e letterario, ogni opera d'arte, ogni romanzo reca i segni di ciò che accade intorno, in un modo o nell'altro. I tempi in cui viviamo sono condizionati dalla morte dei fondatori, dei «capostipiti», dei genitori che se ne sono andati lasciandoci con problemi enormi. Noi siamo gli eredi delle loro allucinazioni, ormai ci rendiamo conto che la crescita, lo sviluppo, il consumismo, il prodotto interno lordo, tutto questo ci fa correre su un binario morto, e ci chiediamo se lungo la corsa vedremo uno scambio, e chi scenderà ad azionare la leva.

Stiamo cercando di capire che fare, ma i nostri pensieri sono ancora prigionieri dei vecchi *frames* concettuali, il che significa che anche le nostre parole sono prigioniere. Pensiamo ai movimenti che chiedono un calo di produzione e consumi. Chiamano questo processo «decrescita», *décroissance*, *degrowth*.

«Decrescita» non è nemmeno un antonimo, è una mera negazione del concetto opposto, quindi *dipende* dal concetto opposto, e infatti ogni volta che di-

---

[87] B. Worm *et alii*, *Impacts of Biodiversity Loss on Ocean Ecosystem Services*, in «Science», vol. 314, 3 novembre 2006, pp. 787-90.

ciamo «decrescita» diciamo anche «crescita», e «crescita» è sentita come una parola buona, d'istinto la associamo a cose positive, a processi che sono necessari e benigni, come la crescita dei nostri figli, o la crescita di piante che possiamo mangiare. «Decrescita» non è una parola efficace, non funziona.

I nostri pensieri e vocaboli sono ancora prigionieri. Per anni abbiamo espresso i concetti in cui credevamo semplicemente aggiungendo prefissi come *de-* o *post-* (per esempio, «postmoderno») ai concetti in cui non credevamo piú. Sapevamo soltanto di essere post-qualcosa.

[In Italia questo ha toccato punte di ridicolo, dato che tutti sono «postfascisti» o «postcomunisti» o «postdemocristiani», eccetera.]

La letteratura postmodernista si è a lungo concentrata sui «postumi» seguiti alla sbornia del moderno. Gli autori postmoderni hanno sviluppato un tipo di ironia che all'inizio aveva un valore critico, e io sono contento che quei libri siano stati scritti, amo alcune di quelle opere, penso che dobbiamo tenere il buono e portarcelo appresso lungo la via, scartando quello che non ci serve piú; oppure, se preferite un'altra metafora, dobbiamo ricostruire su quelle fondamenta, ma per ricostruirci sopra dobbiamo prima demolire la casa squinternata che c'è adesso.

Il problema del postmodernismo è che ha generato un esercito di seguaci e imitatori, e presto si è ubriacato di se stesso, si è intossicato della propria ironia, del proprio sarcasmo e disincanto. L'ironia si è fatta sempre piú fredda e anaffettiva, il che era perfetto per il nuovo spirito dei tempi: il disincanto ha invaso e impregnato l'intero paesaggio artistico e mediatico, finché a un certo punto, probabilmente durante gli anni Ottanta, è diventato il sentimento dominante nella cultura occidentale. Nulla andava piú preso sul serio. Se prendevi qualcosa sul serio, facevi la figura del seccatore.

Vorrei citare lo scomparso David Foster Wallace. Questo è uno stralcio da una famosa, classica intervista rilasciata a Larry McCaffery per la «Review of Contemporary Fiction», estate 1993. È l'ultimissima risposta, ed è molto interessante:

> Questi ultimi anni dell'èra postmoderna mi sono sembrati un po' come quando sei alle superiori e i tuoi genitori partono e tu organizzi una festa. Chiami tutti i tuoi amici e metti su questo selvaggio, disgustoso, favoloso party, e per un po' va benissimo, è sfrenato e liberatorio, l'autorità parentale se ne è andata, è spodestata, il gatto è via e i topi gozzovigliano nel dionisiaco. Ma poi il tempo passa e il party si fa sempre piú chiassoso, e le droghe finiscono, e nessuno ha soldi per comprarne altre, e le cose cominciano a rompersi o rovesciarsi, e ci sono bruciature di sigaretta sul sofà, e tu sei il padrone di casa, è anche casa tua, cosí, pian piano, cominci a desiderare che i tuoi genitori tornino e ristabiliscano un po' di ordine, cazzo... Non è una similitudine perfetta, ma è come mi sento, è come sento la mia generazione di scrittori e intellettuali o qualunque cosa siano, sento che sono le tre del mattino e il sofà è bruciacchiato e qualcuno ha vomitato nel portaombrelli e noi vorremmo che la baldoria finisse. L'opera di parricidio compiuta dai fondatori del postmoderno è stata importante, ma il parricidio genera orfani, e nessuna baldoria può compensare il fatto che gli scrittori della mia età sono stati orfani letterari negli anni della loro formazione. Stiamo sperando che i geni-

tori tornino, e chiaramente questa voglia ci mette a disagio, voglio dire: c'è qualcosa che non va in noi? Cosa siamo, delle mezze seghe? Non sarà che abbiamo bisogno di autorità e paletti? E poi arriva il disagio piú acuto, quando lentamente ci rendiamo conto che in realtà i genitori non torneranno piú – e che *noi* dovremo essere i genitori[88].

Da quell'intervista sono passati quindici lunghi anni, Wallace non è piú tra noi e finalmente capiamo quanto avesse ragione. *Noi* dobbiamo essere i genitori, i *capostipiti*, i nuovi fondatori. Abbiamo bisogno di riappropriarci di un senso del futuro, perché sotto il sole sta accadendo qualcosa di radicalmente nuovo. È un pericolo senza precedenti, è un GROSSO problema e il disincanto non è la soluzione migliore.

A mio avviso il dispotismo dell'ironia ha prodotto una sindrome sociale affine all'asimbolia del dolore.

L'asimbolia del dolore è una sindrome neurologica, causata da un danno alla corteccia insulare del cervello. Non rispondi al dolore in modo emotivo, o dài la risposta emotiva sbagliata: ti metti a ridere[89].

Noi ridiamo perché la risata è utile dal punto di vista dell'evoluzione. Ridere ha a che fare con il sollievo dopo un falso allarme.

Quando qualcuno ti racconta una barzelletta, la tensione cresce e sei sempre piú curioso, vuoi sapere come va a finire. Le migliori barzellette ti tengono all'erta per quello che sembra essere un tempo lun-

---

[81] L. McCaffery, *An Interview with David Foster Wallace*, in «Review of Contemporary Fiction», vol. XIII, n. 2, Summer 1993.
[89] Cfr. V. S. Ramachandran, *Che cosa sappiamo della mente* cit., pp. 9-27.

ghissimo, e il tuo cervello si fa sospettoso, e alla fine ti trovi sulla difensiva, ma poi la battuta finale dà alla storia una torsione inaspettata, la tensione si scarica e ridi.

È anche il motivo per cui il solletico fa ridere: all'improvviso qualcuno fa per toccarti, istantaneamente ti metti sulla difensiva, infatti irrigidisci i muscoli, ma poi quella persona non ti fa davvero male, si limita a toccarti e stimolarti in un punto insolito, e allora il tuo cervello dice: «Era un falso allarme!», e ti metti a ridere.

Una risata segnala che è tutto a posto, significa: «Non c'è da preoccuparsi». È probabile che il ridere si sia evoluto da un verso ritmato che i nostri antenati emettevano dopo un falso allarme. Il resto del branco lo udiva e tutti si sentivano sollevati: non c'era bisogno di fuggire o di combattere. Ovviamente, quando il pericolo era reale e qualcuno o qualcosa procurava autentico dolore, il cervello dava la corretta risposta emotiva, non c'era sollievo, nessuno rideva, tutti fuggivano o combattevano.

Ma quando soffri di asimbolia del dolore, quella parte del cervello non funziona piú, il circuito non si chiude, niente ti dice che questa volta è vero, che non si tratta di un falso allarme, e finisce che dài la risposta emotiva sbagliata. Ridi. Ti sfondo la faccia a calci, e tu ridi.

Negli anni Ottanta e Novanta una gran parte della cultura occidentale ha iniziato a confondere dolore e solletico. Pian piano abbiamo perso la facoltà di distinguere un dolore vero da uno falso: sentivamo o eravamo testimoni di grandi dolori, e reagivamo ridacchiando. L'ironia era ovunque. Nel frattempo era caduto il Muro di Berlino, l'Occidente aveva vinto e c'era persino chi diceva che era finita la storia, e durante gli anni Novanta tutti ridacchiarono ancora di piú. Certo, non nell'ex Iugoslavia o in Ruanda, ma nel cuore dell'impero molte persone, soprattutto gli artisti, erano molto *cool* e ironiche e sghignazzanti e intente a farsi l'occhiolino a vicenda.

I nostri compagni umani sono neuralmente programmati per associare le risate ai falsi allarmi, quindi conclusero che non c'era pericolo...

... poi scoppiò la bolla della cosiddetta «New Economy», e subito dopo ci fu l'11 settembre, poi la cosiddetta «Guerra al Terrore» e l'invasione dell'Iraq, poi arrivarono i bombaroli kamikaze a Madrid e nel Tube di Londra, e adesso l'economia globale sta franando, ma in molti continuano a non capire quanto la situazione sia pericolosa, e intanto il ghiaccio dei poli si scioglie, il petrolio sta arrivando al picco di estrazione prima del previsto, e si stanno esaurendo le scorte di metalli, nel giro di pochi decenni niente piú rame, niente piú ferro, niente piú cadmio...[90].

È chiaro che, essendo io un romanziere e amando la letteratura (le due cose non vanno sempre insieme), mi interessa vedere come la mia professione possa evolversi di fronte a questi pericoli. Ciò che mi preme è trovare nella letteratura di oggi un di-

---

[90] Cfr. R. Heinberg, *Peak Everything: Waking up to the Century of Declines*, New Society Publishers, Gabriola (Canada) 2007.

verso approccio etico allo scrivere, oltre il disincanto di ieri. Una piena assunzione di responsabilità di fronte a quel che accade su scala planetaria. Ed essendo un romanziere italiano, sono ancor piú interessato a vedere cosa accade nella letteratura di quel paese. Si comincia sempre da dove ci si trova, e l'Italia è sempre un posto interessante da cui cominciare, un notevole laboratorio (tanto per usare un eufemismo). Di recente ho trovato molti segnali interessanti nella letteratura italiana, ne ho scritto e ne ho discusso, è in corso un dibattito ed è per questo che sono qui.

In Italia si usa di frequente un'espressione: «l'anomalia italiana». Vi sono serie ragioni storiche per cui l'Italia è cosí diversa dal resto d'Europa e la logica della vita sociale appare impenetrabile o addirittura inesistente. Farò conto che in questa sala tutti siano al corrente di tali ragioni, o almeno di alcune. C'è di mezzo la Guerra fredda, eccetera. Diciamo solo che dopo la caduta del Muro per l'Italia iniziò una fase tumultuosa che va avanti ancora oggi. Nel 1993 crollò il vecchio establishment politico, i piú grandi partiti si dissolsero e vi fu un improvviso liberarsi di energie incontrollabili.

Nemmeno nei piú scatenati sogni a occhi aperti la sinistra rivoluzionaria degli anni Settanta aveva previsto alcunché del genere, anche se l'esito è parso piú simile a una controrivoluzione: da quei giorni, lo spettro politico della società italiana si è spostato sempre piú a destra.

Cos'è successo nel frattempo?
Di tutto.

Nel mondo della letteratura il tumulto ha provocato il ritorno alla narrativa e alla forma-romanzo come mezzi favoriti di espressione, creazione e comunicazione. Negli anni Sessanta la «Neoavanguardia» aveva dichiarato guerra a quella che percepiva come narrativa «normale» e «tradizionale». La cosa ebbe conseguenze di rilievo nel decennio a seguire: negli anni Settanta dagli scrittori seri non ci si aspettava che scrivessero romanzi «convenzionali» o che si occupassero di narrativa. Nei tardi anni Settanta un capolavoro come *L'arte della gioia* di Goliarda Sapienza fu rifiutato da molti dei piú grandi editori del paese, perché quel tipo di romanzo – storico, epico, moltitudinario e toccante, la cui autrice non prendeva nemmeno le distanze da quel che scriveva, né faceva strizzate d'occhio – era ritenuto datato e conciliante. Questo accadeva pochi anni prima dello strepitoso successo di *Il nome della rosa*.

Negli anni Ottanta una nuova generazione di autori italiani riprese a scrivere romanzi, ma le loro influenze non erano nella narrativa di genere o nella cultura pop. Dopo il 1993, però, vi fu un'eruzione di narrativa che si rifaceva a generi popolari, soprattutto ai *crime novels* della tradizione *hard-boiled*, e in alcuni casi alla fantascienza.

Quei nuovi autori non erano figli delle avanguardie, non gliene poteva fregare di meno se una cosa era ritenuta o meno «appropriata». Carlo Lucarelli, Valerio Evangelisti, Giancarlo De Cataldo, noi Luther Blissett e molti altri, noi eravamo figli problematici della *popular culture*. Eravamo cresciuti con una dieta stabile di narrativa di genere, musica rock, cinema, giochi di ruolo, i primi videogame... E usavamo già Internet, anzi, quello che c'era prima, le Bbs, comunicazione elettronica preweb. Nel 1994 alcuni di noi avevano già siti web. Non ci interessava il comportamento «giusto» da intellettuali, e nemmeno le tirate snob contro l'industria culturale. Volevamo dare il nostro contributo alla *popular culture*, portarci dentro conflitti e contraddizioni, non stigmatizzarla guardandola da fuori, o addirittura rifiutandosi di guardarla. Quando uscí il nostro primo romanzo, *Q*, dichiarammo in modo esplicito che volevamo combattere la nostra battaglia dentro il pop e portare le nostre pratiche all'interno dell'industria culturale.

Dieci-quindici anni dopo, la situazione si è evoluta, anche in modo radicale. Ci sono state scosse e torsioni, tante influenze si sono incontrate e hanno generato nuove pratiche, e il processo va avanti.

Molte cose stanno accadendo nella letteratura italiana, il New Italian Epic è soltanto una di queste, ma è quella che mi interessa di piú, e quella che mi sento spinto a esplorare.

Grazie a tutti.

Wu Ming 2

La salvezza di Euridice

Introduzione

Quando si racconta una storia, è molto raro anticipare il finale.

Nello scrivere un saggio, invece, bisogna elencare da subito le principali conclusioni, i risultati della ricerca, cosí chi legge può decidere se vale la pena arrivare in fondo.

Stretto fra le due esigenze, proverò a dire qualcosa senza dire tutto.

Il testo che segue si divide in tre capitoli.

Il primo prova a rintracciare una missione per i cantastorie della nostra epoca. In un orizzonte culturale dove ogni contenuto sembra farsi racconto, quali narrazioni possono levarsi oltre il rumore di fondo? La risposta non ha alcuna pretesa di essere univoca. Da un lato, smentisce l'idea che la galassia narrativa sia ormai troppo estesa. Dall'altro, valorizza il ruolo delle storie come guadi attraverso la complessità, incerti passaggi che permettono di stare *dentro* il fiume e di arrivare all'altra sponda senza scavalcarlo o scivolarci sopra.

Il secondo capitolo entra nel vivo di queste storie, le identifica meglio e cerca di capire come sono fatte. È un abbozzo di termodinamica della fantasia, per comprendere quali trasformazioni, linguistiche e narrative, permettano di passare da una realtà complessa al racconto che la interpreta, dai fatti della cronaca alla finzione che li tiene a galla.

Il terzo capitolo, infine, è una rivisitazione del mito di Orfeo, dove una piccola modifica alla storia, abbastanza giustificata da essere credibile, salva Euridice dalla seconda morte e sconfigge Ade, il dio dell'oltretomba.

1. Il «mondo nuovo» delle storie[91]

Calda notte di settembre, le vacanze appena finite. Dalla poltrona di un salotto televisivo, il ministro per la Pubblica amministrazione rende conto agli spettatori della sua famosa battaglia contro i «fannulloni». Come prossima tappa, dice che lancerà un concorso. Impiegati e dirigenti che lavorano bene, che fanno funzionare gli uffici, verranno invitati a raccontare la loro storia. Il ministero valuterà e pubblicizzerà le piú belle. Ai vincitori, ricchi premi in busta paga.

Burocrazia e narrativa. Il binomio è degno di Kafka. Ma cosa spinge un ministro a raccogliere aneddoti edificanti, oltre a griglie di dati e relazioni tecniche?

Rispondere che sí, le storie vanno di moda, sarebbe ridicolo. Con la stessa leggerezza potremmo dire che va di moda pensare, baciarsi tra innamorati e mangiare il pane.

[91] Questo primo capitolo è un ampliamento di una conferenza dal titolo *Narrare non è sufficiente. Il compito del cantastorie nell'epoca digitale*, tenuta il 26 marzo 2008 a Siviglia nell'ambito del festival Zemos98. Ringrazio gli organizzatori per avermi fornito il pretesto di mettere ordine in una serie di appunti sul raccontare storie. Una versione molto ridotta, una sorta di trailer, è invece comparsa in «l'Unità» del 27 settembre 2008 e su carmillaonline.com, come recensione al saggio di Christian Salmon, *Storytelling. La fabbrica delle storie*, Fazi, Roma 2008.

Eppure è vero che in molti ambiti le tecniche narrative vengono usate in maniera sempre piú consapevole: dalla politica all'informazione, dalla scienza al marketing, dalla gestione aziendale alla psicologia.

Lo scrittore francese Christian Salmon ha trovato un nome accattivante per questa febbre di racconto. L'ha chiamata «nuovo ordine narrativo», evocando l'immagine di una macchina per plasmare le coscienze, catturare le emozioni, incitare al consumo. Una macchina che è diventata la struttura portante, il motore stesso delle piú svariate attività[92].

Di recente gli ha fatto eco Alessandro Baricco in un'intervista al «Corriere della Sera»:

> Adesso tutto è narrativo: vai in una macelleria e il modo di esporre le carni è narrativo. Ormai è impossibile sentir parlare uno scienziato normalmente: anche lui narra. Lo stesso vale per i giornali, che hanno sostituito al settanta per cento l'informazione con la narrazione. E poi c'è la contaminazione con il marketing. Lí comincia il pericolo, cosí come quando lo *storytelling* entra nella comunicazione politica. Adesso sono diventati cosí bravi da riuscire a vendere quello che vogliono se riescono ad azzeccare la storia giusta[93].

Al di là dei toni iperbolici e grotteschi, l'allarme lanciato da Salmon e da Baricco esprime un pensiero diffuso. L'idea che il fiume delle storie abbia rotto gli argini e stia inondando la comunicazione. Un cataclisma simbolico che avrebbe in particolare quattro effetti nefasti:

1. l'idiozia collettiva;
2. la scomparsa dei fatti;

---

[92] Cfr. C. Salmon, *Storytelling* cit.
[93] C. Taglietti, *Alessandro Baricco: «Gomorra», che storia. Il film meglio del libro*, in «Corriere della Sera», 12 giugno 2008, p. 45.

3. l'affabulazione obbligatoria;
4. l'inflazione dell'immaginario.

Prima di vedere nel dettaglio di cosa si tratta, è però necessario interrogarsi sulla premessa dell'intero discorso. Questa febbre narrativa è davvero una novità? La questione è importante perché le nuove patologie hanno bisogno di nuovi farmaci, mentre per i vecchi malanni potrebbero bastare i rimedi della nonna.

0. *La novità.*

L'uso di miti e narrazioni per diffondere valori e persuadere folle di individui è vecchio di alcuni millenni. Paul Veyne, rovesciando lo slogan del Sessantotto parigino, ha scritto che «l'immaginazione è al potere da sempre»[94]. Anche il faraone aveva scribi e sacerdoti incaricati di cantarlo come dio in persona. Anche nell'Antico Egitto si mescolavano le carte, confondendo religione, biografia, politica e mito. Martirologi, vite di santi, eziologie e genealogie hanno continuato a fare lo stesso lavoro per centinaia di anni. Benito Mussolini sosteneva che la cinematografia è l'arma piú forte.

Nel marzo 2001, Silvio Berlusconi ha invaso le nostre cassette postali con un libello di centotrenta pagine, uno strano ibrido tra pamphlet, volantino, rivista di pettegolezzi, autobiografia, bollettino parrocchiale e dépliant pubblicitario. Si intitolava, guar-

---

[94] P. Veyne, *I Greci hanno creduto ai loro miti?*, il Mulino, Bologna 1984, p. 6.

da caso, *Una storia italiana*. Molti, nel riceverlo, hanno percepito un salto di qualità rispetto al passato. Ma la novità non consiste, come direbbe Salmon, nel fatto che oggi le storie sono usate per conquistare il potere e non soltanto, *a posteriori*, per giustificarlo. Hernán Cortés sottomise l'impero azteco giocando a suo favore segni premonitori e antiche leggende di Quetzalcoatl. Anche prima di Niccolò Machiavelli, l'arte di catturare il consenso si è sempre servita di favole e leggende. La vera differenza col passato è che adesso le storie arrivano direttamente a casa tua, saltando ogni mediazione, ogni filtro, come del resto accade a moltissime merci nell'èra del consumo capillare e personalizzato.

Quanto al marketing, l'uso di storie per vendere prodotti è vecchio come la pubblicità. Molto prima di *Carosello*, la American Tobacco Company riuscí a convertire le statunitensi al fumo, inventando il mito della donna emancipata con la sigaretta in mano. Il responsabile della campagna era Edward Bernays, nipote di Freud, considerato l'inventore dell'ingegneria del consenso[95]. Bernays inviò alcune modelle alla New York City Parade, dicendo ai giornalisti che un gruppo di donne avrebbe brandito «Torce di Libertà» nel corso della manifestazione. A un segnale convenuto, le ragazze si accesero una Lucky Strike. Il «New York Times» del 1° aprile 1928 raccontò l'intera *storia* sotto il titolo: *Un gruppo di giovani fuma sigarette in segno di libertà*. Ancora prima, a fine

---

[95] «L'ingegneria del consenso è la vera essenza del processo democratico, la libertà di persuadere e consigliare», in E. Bernays, *The Engineering of Consent*, in «Annals of the American Academy of Political and Social Science», marzo 1947.

Ottocento, Angelo Mariani stampava una serie di album lussuosi, dove i consumatori piú in vista del suo *vino alla coca* raccontavano in lettere autografe le loro esperienze con la bevanda. Papa Leone XIII scrisse che il tonico lo aiutava a stare sveglio nelle notti di preghiera.

Non è mai esistita un'età del mondo in cui la comunicazione fosse sganciata dal racconto e dalle mitologie depositate nel linguaggio. La narrazione non occupa un campo specifico (di mero intrattenimento) e non esiste un discorso logico-razionale «puro». Leibniz sperava che un giorno qualunque disputa si sarebbe risolta con un calcolo, ma per fortuna quell'alba non è mai sorta. Il positivismo ha sognato che la scienza potesse emanciparsi una volta per tutte dai suoi trascorsi filosofici e letterari, ma i maestri del sospetto – Marx, Nietzsche e Freud[96] – hanno rinvenuto tre cariche esplosive alle fondamenta dell'oggettività scientifica: gli interessi economici, la volontà di potenza e l'inconscio. Quest'ultimo è molto piú vasto di quel che si credesse fino a trent'anni fa: non comprende solo istinti e desideri repressi. La scienza cognitiva ha scoperto che il pensiero lavora per lo piú in maniera inconscia e che buona parte di questi meccanismi neurali richiamano strutture narrative[97]. Le storie ci sono indispensabili per capire la realtà, per dare un senso ai fatti, per raccontarci chi siamo.

---

[96] L'espressione e l'accostamento dei tre pensatori si deve a P. Ricœur, *Dell'interpretazione. Saggio su Freud*, il Saggiatore, Milano 1965.

[97] Lo studioso che meglio di ogni altro ha saputo mostrare il funzionamento di queste strutture narrative è il linguista George Lakoff. Molto chiaro, a tale proposito, il capitolo *Anna Nicole on the Brain*, contenuto in *The Political Mind*, Barnes & Noble, New York 2008.

Il «nuovo ordine narrativo», insomma, non è certo nuovo *in quanto* si serve di narrazioni. Tuttavia, i quattro effetti nefasti che ho elencato sopra potrebbero dipendere da un'altra, innegabile novità: quella tecnologica. La televisione, le simulazioni digitali e la rete potrebbero aver modificato il nostro rapporto con le storie, rendendole potenzialmente tossiche. In maniera simile, la manipolazione genetica ha prodotto una cannabis con quantità industriali di principio attivo. Secondo alcuni, questo l'ha trasformata in una droga pesante, pericolosa quanto il crack. Secondo altri, il problema riguarda la cultura della droga. La temibile *skunk* va fumata in modo diverso dalla solita marijuana, cosí come la grappa si beve in modo diverso dal prosecco: non a calici, ma a bicchierini.

Se davvero le storie sono cambiate, bisognerà cambiare la cultura delle storie.

1. *L'idiozia collettiva.*

Nel «mondo nuovo» immaginato da Huxley, esistono due mezzi per cancellare il dissenso: il soma e l'ipnopedia[98]. Il primo è una droga sintetica, innocua, capace di allontanare qualunque preoccupazione. La seconda consiste nel bombardare gli individui con slogan edificanti e mantra ideologici, allo scopo di condizionare i cervelli.

Molte narrazioni tipiche della cultura popolare sono state accusate di essere peggio del soma. Studia-

[98] A. Huxley, *Mondo nuovo - Ritorno al mondo nuovo*, Mondadori, Milano 1980.

te per rincretinire le persone, ma con effetti collaterali devastanti. Nel 1951, la compagna Nilde Iotti scrisse su «Rinascita» che «decadenza, corruzione, delinquenza dei giovani e dilagare del fumetto sono fatti collegati». Negli Stati Uniti, dopo la strage alla scuola di Columbine, salirono sul banco degli imputati il gothic rock e *Buffy l'ammazzavampiri*, una serie televisiva di genere horror.

Steven Johnson ha dedicato un intero libro[99] a confutare l'idea che le storie raccontate attraverso la televisione e la *console* siano stupide e destinate a peggiorare. I loro intrecci narrativi, al contrario, sono sempre piú intelligenti, nel senso che mettono alla prova le nostre capacità cognitive. Quando si tratta di ascoltare, guardare, giocare una storia, il pubblico preferisce la complessità agli sviluppi semplici e lineari. Altrimenti non saremmo mai passati da *Starsky & Hutch* alle casalinghe disperate, da *Pac Man* a *Sim City*, dai vari 007 a *Syriana*. Questa è senz'altro una buona notizia, ma non tocca il problema dei contenuti. Un telefilm può essere molto complesso e allo stesso tempo legittimare la tortura, l'abuso di psicofarmaci e l'odio razziale. Christian Salmon si appoggia a un articolo di Slavoj Zizek[100] per dire qualcosa di molto simile a proposito di *24*, la famosa serie Tv dove ogni episodio di un'ora rappresenta un'ora di una particolare giornata. Questa sincronia tra attuale e virtuale metterebbe il pubblico di fronte a uno stato di «emergenza normalizzata», un'eccezio-

---

[99] S. Johnson, *Tutto quel che fa male ti fa bene*, Mondadori, Milano 2006.
[100] S. Zizek, *The Depravate Heroes of «24» Are the Himmlers of Hollywood*, in «The Guardian», 10 gennaio 2006.

ne permanente capace di sospendere ogni giudizio morale. La sezione antiterrorismo della polizia di Los Angeles può cosí permettersi qualunque cosa, perché il tempo corre e la città è in pericolo. Quello che non mi convince affatto in questo approccio alle storie e ai media è che lo studioso di turno trasforma la sua ipotesi critica, magari anche valida, nell'effetto che quella narrazione avrà sulla gente, come se il pubblico fosse una *tabula rasa*. Nell'èra dei forum, dei blog e delle chat non sarebbe difficile prendersi la briga di andare a guardare cosa fa *davvero* la gente con certi contenuti: discussioni, parodie, riscritture. Per ogni giudice Scalia della corte suprema, che cita l'eroe di 24 per giustificare gli interrogatori violenti, ci sono migliaia di fan convinti che la loro serie preferita voglia essere uno specchio dei tempi, di quel che l'America è diventata.

L'*audience* della cultura popolare non è mai stata passiva. Non lo era ai tempi del *feuilleton*, figuriamoci adesso. Una storia complessa è sempre ricca di sfumature e potenzialità, aspetti affascinanti e deludenti: difficile che possa addormentare la ragione. Piuttosto spinge a criticare, a raccontare ancora, a reagire in maniera creativa.

Nell'epoca della partecipazione[101], recepire un testo significa «farci qualcosa».

---

[101] Henry Jenkins ha definito una cultura partecipativa in base a cinque caratteristiche: 1. basse barriere per l'espressività artistica e il coinvolgimento civico; 2. forte supporto a creare e condividere le proprie produzioni; 3. passaggio informale di conoscenze tra esperti e novizi, secondo la sola logica della competenza; 4. i membri sono convinti che il loro contributo verrà preso in considerazione; 5. i membri percepiscono una connessione sociale tra loro (cfr. G. Boccia Artieri, *Share This! Le culture partecipative nei media*, prefazione a H. Jenkins, *Fan, Blogger & Videogamers*, Franco Angeli, Milano 2008).

Un'altra fonte inestinguibile di soma, per i loro detrattori, sono i videogiochi e le simulazioni digitali, colpevoli di raccontare storie che assottigliano – quando non annullano – il diaframma che divide realtà e finzione. Cosí un adolescente esce di casa e pensa di poter sparare ai passanti come ha fatto sullo schermo.

Nel 1993, a Bussolengo, Verona, un branco di ragazzi di provincia uccise un'automobilista con una pietra gettata da un cavalcavia. Opinionisti a piede libero suggerirono un'analogia tra i videogiochi *sparatutto* e quel rituale omicida[102]. Anni dopo scoprii che sull'autostrada Firenze-Mare i primi lanci di sassi contro le auto risalivano al 1954, certo fomentati dal demoniaco gioco delle bocce.

Giornali e riviste dell'estate del 2007 annunciavano un giorno sí e l'altro pure l'imminente trasloco psichico planetario dentro Second Life, il mondo tridimensionale on-line. La circostanza sembra ben lungi dal verificarsi.

Negli anni Novanta ci hanno massacrato i neuroni con il sesso virtuale che avrebbe presto sostituito quello vero. Nessuno immaginava che proprio nel mondo iperreale del porno si stava insinuando una tendenza pressoché opposta, quella che Sergio Messina ha battezzato *real core*. Persone che amano mostrarsi e guardarsi in tutta la loro naturalez-

---

[102] L. Laurenzi, *La tranquilla Verona scopre i giochi di morte*, in «la Repubblica», 14 gennaio 1994.

za: nude o vestite, nel salotto di casa o in cortile, con feticci o senza. Un traffico gratuito di foto e filmati digitali, con adulti consenzienti, e un'unica, contraddittoria regola estetica: niente finzione. Basta tette finte, ritocchi, set patinati. Se hai il seno flaccido e ti va di esibirlo, di sicuro in rete c'è qualcuno che ne sarà contento. Se non ti va di depilarti le ascelle, meglio ancora. Se la vasca dove ti fai il bagno ha le macchie di ruggine, sublime. Il fenomeno è di tali proporzioni che l'industria dell'erotismo patinato ha dovuto adeguarsi: dalle riprese filtrate per imitare una webcam, alle attrici meno in forma fatte passare per casalinghe che si pagano le vacanze con un po' di porno.

> Perfino il divo maximo dell'hard, Rocco Siffredi, nel tempo ha adottato uno stile piú documentaristico, sostituendo la ripresa ginecologica (molto in voga negli anni passati) con inquadrature piú larghe, filmando scene piú lunghe e non delegando al montaggio (e quindi alla finzione) l'efficacia di una scena[103].

Chi è spaventato dall'emergere di tecnologie della simulazione dimentica che la tecnica è connessa all'inganno fin dai tempi di Prometeo[104]. La scienza si è sempre servita di modelli virtuali, cioè di metafore, anche quando sembrava che il suo unico linguaggio fosse la purezza della matematica.

---

[103] S. Messina, *Real core: la rivoluzione del porno digitale*, in «Rolling Stone Italia», settembre 2008.
[104] Cfr. il paragrafo *Prometeo ingannatore*, in A. Tagliapietra, *Filosofia della bugia*, Bruno Mondadori, Milano 2001, p. 52, e le note ai testi di J.-P. Vernant sullo stesso tema.

Con questo non voglio sostenere che abitare in «realtà parallele» non abbia effetti sulla nostra vita sociale. Ce li ha eccome, ma proprio perché siamo, nella maggioranza dei casi, capaci di migrare da un mondo all'altro e di reggere allo stress da adattamento. Molti citano come esempio negativo l'addestramento virtuale dei soldati, che li trasformerebbe in esseri insensibili per le conseguenze reali delle loro azioni.

Eppure, l'ideale del guerriero-macchina è nato ben prima delle tecniche informatiche. L'equivoco di una guerra pulita, che sparge poco sangue, non nasce dai videogiochi militari, ma dall'uso compulsivo di termini come «bomba intelligente», «operazione di polizia internazionale», «danni collaterali», «guerra umanitaria».

Jean Baudrillard è arrivato a sostenere che la Guerra del Golfo del 1991 non ha avuto luogo. Immagino che gli iracheni siano di un altro avviso. Si tratta certamente di una provocazione, ma mostra bene a quali equivoci possa portare la nostalgia di realtà, l'idea che tutto è simulato e non c'è nulla oltre quella finzione. Abbiamo un rapporto mediato, narrativo e metaforico con il mondo, ma questo non dipende da videogiochi e cyberspazio, e non significa affatto che il reale non esiste o che abbiamo perso la capacità di sentirlo. Occorre trovare un punto di equilibrio tra la «paura dell'apparenza» – con il richiamo illusorio e feticista, in stile *real core*, a una realtà oltre la finzione – e la «paura della realtà» – con l'esaltazione acritica di qualunque dispositivo faccia risorgere il reale in un paradiso artificiale[105].

Dunque niente soma, nel «mondo nuovo» delle storie? Nemmeno le *fictions* televisive in prima serata, con le caserme piene di angeli in divisa, tutori dell'ordine, e una – al massimo una – mela marcia, subito espulsa dal cesto? Credo si debbano tenere distinte le due prospettive. Da un lato c'è l'idea che le narrazioni possano appiattire l'encefalogramma e sprofondarci in un mondo fittizio. Ho cercato di dare qualche indizio che la situazione è davvero molto diversa. Dall'altro, c'è l'ipnopedia, e cioè il fatto che le storie, specie se raccontate spesso, aiutano a inculcare visioni di mondo.

John Bullock, uno scienziato politico dell'Università di Yale, ha condotto alcuni esperimenti interessanti sulla disinformazione.

Ha preso un gruppo di progressisti e ha chiesto loro quanti disapprovassero il trattamento dei prigionieri a Guantánamo. Risultato: il cinquantasei per cento. Quindi ha mostrato alle cavie un articolo di «Newsweek» dove si raccontava di una copia del Corano buttata giú per il cesso della base americana. La percentuale dei critici è salita subito al settantotto per cento. Infine, ha fatto leggere a tutti la smentita della notizia, pubblicata dallo stesso gior-

---

[105] I concetti contrapposti di «paura dell'apparenza» e «paura della realtà» sono accennati in T. Maldonado, *Reale e virtuale*, Feltrinelli, Milano 2005. L'idea che nell'èra della simulazione «tutto sia morto e risorto in anticipo» è contenuta invece in J. Baudrillard, *Simulacres et simulations*, Galilée, Paris 1981.

nale. La percentuale è scesa, ma solo fino al sessantotto per cento. Dunque la cattiva informazione ha effetto anche se viene smentita.

Altri colleghi di Bullock hanno preso due campioni di conservatori. Al primo, hanno fatto leggere le dichiarazioni di Bush sulle armi di distruzione di massa possedute dall'Iraq. Al secondo, hanno mostrato sia quelle dichiarazioni sia l'intero rapporto Duelfer, dove si conclude che Saddam Hussein non aveva armi di quel genere prima dell'invasione americana. Ebbene, nel primo gruppo, il trentaquattro per cento dei volontari ha dato comunque ragione a Bush, sostenendo che Saddam avrebbe nascosto o distrutto il suo arsenale. Nel secondo gruppo, la stessa tesi è stata sostenuta dal sessantaquattro per cento degli individui. Di male in peggio: le smentite possono addirittura *rinforzare* le false notizie[106].

L'idea che molte persone siano vittime di un incantesimo malvagio ha origine dal nostro scontrarci, ogni giorno, con esempi del genere. Questa gente non ragiona, ci diciamo, ha la mente controllata da un potere superiore. Consoliamoci, perché non possiamo farci nulla: è colpa dei giornali, è colpa della televisione, è colpa dei farmaci e delle droghe.

Niente di tutto questo. È il nostro cervello a funzionare cosí. Lo ha spiegato bene George Lakoff in un famoso aneddoto: se entri in una classe e ordini agli studenti: «Non pensate a un elefante», quelli subito ci penseranno, con tutto il contorno di grandi

---

[106] S. Vedantam, *The Power of Political Misinformation*, in «The Washington Post», 15 settembre 2008.

orecchie, proboscidi e zanne d'avorio[107]. Negare un concetto attiva quel concetto nella testa delle persone. Dire che «sicurezza non vuol dire piú polizia», accende e rafforza i legami neurali tra quelle due parole. Il tentativo di aggiungere un'emozione negativa è inutile. Un'emozione non è un adesivo. Nasce se le si prepara il terreno. E non sarà una valanga di dati a sostegno della tesi a «far ragionare» chi non è già convinto.

La *volontà di credere*, piú forte negli individui di qualsiasi evidenza, non è una scoperta recente. Lo psicologo William James, fratello del romanziere Henry, scrisse un saggio in proposito nel 1897. In esso sosteneva che le persone, piuttosto che restare nel dubbio e nell'inquietudine, hanno diritto di aggrapparsi a qualunque fede che non sappiano impossibile. Non posso credere che i miei cinquanta centesimi siano cento dollari, solo perché mi è impossibile *agire* come se lo fossero. Se però l'idea mi facesse star bene, e non fosse incompatibile con la pratica, avrei tutte le ragioni per sostenerla. Molti contemporanei criticarono James per questa strana teoria della razionalità. Oggi sappiamo che le sue intuizioni colgono aspetti importanti del nostro modo di pensare. Le emozioni, lungi dal corromperla, sono un ingrediente fondamentale della ragione. Persone con danni cerebrali, incapaci di provare sentimenti e di riconoscerli negli altri, sono anche incapaci di scegliere per il meglio. Ci comportiamo in modo da essere felici, non per massimizzare l'utilità attesa.

---

[107] Cfr. G. Lakoff, *Non pensare all'elefante!*, Fusi orari, Roma 2007.

Le storie sono efficaci proprio perché non si rivolgono solo a *una parte* della ragione, ma connettono emozioni e visioni del mondo, fatti e sentimenti. È un incantesimo potente, ma l'ipnosi non è mai totale.

George Lewi ha affermato che «i consumatori di oggi hanno altrettanto bisogno di credere nei loro marchi che i Greci nei loro miti»[108].

Può darsi, ma il fatto è che non esiste *un solo* modo di credere e ciascuno di noi può entrare e uscire in continuazione da questi programmi di verità, a seconda di quel che gli preme o che deve fare. Nel libro intitolato proprio *I Greci hanno creduto nei loro miti?*, Paul Veyne ha illustrato molte di queste apparenti contraddizioni.

I *dorzè* dell'Etiopia credono che il leopardo sia un devoto della Chiesa copta. Ciononostante, anche nei giorni di sacro digiuno si guardano bene dall'avvicinarlo. Nei racconti popolari dell'antico Egitto, il faraone fa spesso la figura del despota sciocco e presuntuoso. Eppure, sulla base dei racconti «ufficiali», diciamo che la gente del Nilo lo venerava come un dio. Anche gli imperatori romani erano considerati divinità, esseri capaci di magie, eppure gli archeologi non hanno trovato un solo *ex voto* offerto a loro. Quando avevano bisogno di un miracolo, i sudditi sapevano distinguere bene tra gli dèi «veri» e quelli «convenzionali». Infine, molti testi antichi dimostrano che proprio i Greci ridevano della pomposità dei loro miti politici, eziologie e fondazioni di

---

[108] G. Lewi, *L'Odyssée de marques*, Edictis, Paris 1998, citato in C. Salmon, *Storytelling* cit.

città. Ci credevano, ma senza considerarli veri o falsi: erano retorica, buoni discorsi. Lo stesso potrebbe dirsi del nostro atteggiamento di fronte a molte pubblicità. In fondo, lo *storytelling applicato* non è molto diverso dalla retorica degli antichi, la scienza della parola e del racconto.

Se dunque esistono diversi modi di credere, il potere magico di una storia risulta ridimensionato, per lo meno in una cultura dove esiste il concetto di finzione, e dove molti bambini possono credere, nello stesso momento, che Babbo Natale porta i regali a tutti ma che i loro regali sono stati acquistati da mamma e papà. Nel cervello degli uomini possono convivere molte narrazioni, anche contraddittorie: una credenza non ne scaccia un'altra, piú spesso la affianca, la infiltra e la cura con metodi omeopatici.

Se il faraone vuol farci credere di essere il figlio del sole, continueremo a sbeffeggiarlo e a raccontare altri miti.

L'unica alternativa per non subire una storia è raccontare mille storie alternative.

2. *La scomparsa dei fatti.*

Se il quadro è quello delineato, dove vanno a finire i fatti? Viviamo in un tribunale dove le prove non contano piú? Certo che no, le prove contano, però, ecco, a qualcuno dispiacerà, ma noi *non* viviamo in un tribunale. E in fondo anche un giudice ammetterebbe che i fatti non sono sempre *cruciali*, capaci di inchiodare cristi o di salvarli. Non esiste teoria scientifica che non si possa adattare per tenere conto di nuove scoperte. Il sistema tolemaico, con la Terra al centro dell'universo, non venne rovesciato perché non riusciva a spiegare le osservazioni astronomiche di Brahe, Copernico e Galilei. Ci riusciva, ma al prezzo di calcoli troppo complessi. Il sistema eliocentrico, invece, faceva la stessa cosa con meno fatica. Era piú elegante, piú economico, piú bello. Venne scelto per questo. Grazie ai fatti, ma non per loro *virtú*.

Consideriamo adesso un fatto, un evento accaduto nel mondo: X ha ucciso Y. A parte i testimoni oculari, per tutti gli altri quel fatto sarà una frase in italiano, cioè la notizia che «X ha ucciso Y». L'elemento linguistico introduce subito una variabile in piú. Per me che non c'ero, la verità di quel fatto dipende dal linguaggio e dal mondo. E dire linguaggio significa dire ambiguità, schemi concettuali, teorie, miti. Da qui l'idea che una buona informazione debba rinunciare alle tecniche narrative, essere pura di parole, metafore e opinioni. Se cosí fosse, la diretta televisiva sarebbe la migliore informazione, perché ci trasforma tutti in testimoni oculari. Inutile dire che anche le inquadrature, gli stacchi e i campi lunghi sono un linguaggio e che un buon regista può decidere in tempo reale cosa far vedere e cosa no. Ma anche ammettendo che le immagini ci raccontino quel che c'è da sapere, senza trucco e senza inganno, siamo sicuri che sia *davvero* tutto quello che ci serve?

La tragedia delle Torri gemelle è stata in gran parte trasmessa in diretta, ma non possiamo dire che *quel* racconto ci ha detto davvero ciò che volevamo sapere. La verità che ci interessa va ben oltre una descrizione dei fatti.

Oggi i mezzi di informazione dànno grande valore alla rapidità: bisogna bruciare la concorrenza prima che la concorrenza bruci la notizia. Nella fretta di uscire, molti giornalisti si concentrano sui fatti e lasciano perdere il resto: stile, scenario, collegamenti, un alfabeto delle emozioni che riempia lo spazio tra la *A* di ansia e la *U* di urgenza. Piuttosto che attaccare la mediazione *narrativa* delle notizie, bisognerebbe interrogarsi sul dilagare di un'informazione *immediata*, priva di un contesto e di un significato qualsiasi.

Siamo troppo influenzati dall'idea che *comprendere è comprimere*. Se voglio «capire» una serie di numeri, devo trovare una formula che generi la serie. Se però la formula è lunga quanto la serie, tanto vale farne a meno. Ci metto piú tempo a scriverla che a ricopiare la serie per intero[109]. Allo stesso modo, una cartina di Milano grande quanto Milano sarebbe molto difficile da consultare. Spesso invece per capire due fatti bisogna collegarli tra loro e questo significa *aumentare* la complessità della rete. Se ci sono tre strade per andare da Bologna a Sasso Marconi e la provincia ne apre una quarta, piú breve, rende forse piú semplici i trasporti, ma piú complesso il territorio. È scontato dire che una storia può raccontare soltanto un pezzo di mondo: il fatto notevole è

---

[109] La teoria algoritmica della comprensione è stata esposta da G. Chaitin, *Teoria algoritmica della complessità*, Giappichelli, Torino 2006.

che quel pezzo, dopo la parola fine, risulterà piú denso di prima.

Per dare un valore ai fatti, perché contino davvero, abbiamo bisogno di interpretarli, di farli risaltare su uno sfondo. Anche una storia inventata può servirci a capire, per assurdo, il senso di un avvenimento.

A Bologna, nel '96, Luther Blissett condusse una serrata controinchiesta sul processo ai Bambini di Satana, indicando falle e cedimenti nel castello accusatorio. La maggior parte dei giornalisti continuò a dar credito al pubblico ministero, che a differenza di Blissett aveva una storia da raccontare, quella dei satanisti che sequestrano le adolescenti e violentano i bambini. Allora Luther decise di inventarsi un'altra favola: quella del Comitato per la salvaguardia della morale, una ronda autorganizzata decisa a cogliere i satanisti in flagrante, per interrompere le messe nere a suon di randellate. Scrisse un documento, dove il Comitato si presentava e indicava piste di indagine. Lo chiuse in un armadietto del deposito bagagli della stazione, insieme a un teschio e a un paio di tibie. Spedí la chiave al giornalista piú forcaiolo della città, invitandolo a ritirare il pacco. Si era a fine luglio, il giornalista era in ferie, e non abboccò. Luther rivendicò lo stesso, su una piccola rivista locale, la beffa non riuscita, invitando chiunque a fare altrettanto. Poi il giornalista tornò dalle ferie. Andò in stazione, pagò salato il deposito e dedicò al Comitato un'intera pagina su «Il Resto del Carlino». Luther dimostrò cosí che era fin troppo facile inventare balle sul tema del satanismo. Quante altre ne stavano circolando, magari nel corpo stesso del processo? In città il clima cominciò a cambiare. «La Repubblica», un millimetro dopo l'altro, si spostò su posizioni piú garantiste e prestò interesse ai «fatti» che Blissett sbandierava da tempo. Anni dopo, quando gli imputati furono assolti con formula piena e risarciti per il danno ricevuto, perfino il «Carlino» parve dimenticarsi di aver sbattuto il mostro in prima pagina[110].

A Milano, nel settembre 2008, un ragazzo di colore è stato ucciso a sprangate per aver rubato in un bar un pacco di biscotti. Nei giorni seguenti, uno stormo di interrogativi si è levato sull'accaduto. È l'ultimo episodio di una lunga serie o un imprevedibile «salto di qualità»? È un omicidio razzista o un'isolata follia? Molte persone, per cercare la risposta, si sono fatte una domanda «narrativa» e controfattuale: «Cosa sarebbe successo se a rubare i biscotti fosse stato un bianco?» Si sono immaginate la scena, hanno *visto* che il finale non sarebbe stato un omicidio e si sono convinte che la vera «colpa» di Abdul Guibre non era il furto, ma l'essere «un negro». Meccanismi come questo ci aiutano a comprendere la realtà molto piú spesso di quel che immaginiamo[111].

---

[110] Per una ricostruzione della vicenda «Bambini di Satana», si veda A. Beccaria, *Bambini di Satana. Processo al Diavolo*, Nuovi Equilibri, Viterbo 2006.

[111] I condizionali controfattuali (o periodi ipotetici dell'irrealtà) entrano spesso in gioco quando cerchiamo di individuare le cause di un fenomeno. «Ho fatto l'incidente perché avevo bevuto troppo» significa che «se non avessi bevuto troppo, non avrei fatto l'incidente». Questo è vero tutte le volte che la causa coincide con la *condicio sine qua non*. Anche quando diciamo che «la benzina è infiammabile» intendiamo dire: «Se le accostassi una fiamma, prenderebbe fuoco». I condizionali controfattuali hanno dato molte gatte da pelare ai logici, ma soprattutto a quegli empiristi convinti che le conoscenze si possano acquisire solo in un ambito attuale e fattuale. La classica «dimo-

Persino per capire noi stessi, per costruirci un'identità, abbiamo bisogno di una storia. Selezioniamo i fatti salienti della nostra vita e li infiliamo in un racconto. Poi sovrapponiamo quel racconto agli schemi narrativi custoditi nel nostro cervello e cosí facendo ci attribuiamo un ruolo: vittima, carnefice, leader, profeta, mister nessuno.

Non sono le storie a far scomparire i fatti. Sono i fatti che vengono scavalcati dalla disinformazione, perché pretendono di affrontarla da soli. E cosí facendo, dimenticano di corteggiare le loro migliori alleate.

3. *L'affabulazione obbligatoria*.

L'avvento dei blog e dei *social networks* ha molto contribuito ad aggravare la febbre narrativa. Christian Salmon cita un rapporto di Amanda Lenhart e Susannah Fox[112], dal quale risulterebbe che il settantasette per cento degli americani ha aperto un blog «non per partecipare ai grandi dibattiti del momen-

---

strazione per assurdo», invece, non è problematica perché in quel caso si nega una tesi non per immaginare altri mondi possibili, ma solo per giungere a una contraddizione. Anche una concezione deterministica della storia svuota di senso il ragionamento controfattuale, perché se gli avvenimenti sono tutti collegati, negarne uno significa negare il mondo, col risultato di poter concludere qualunque cosa. Non a caso, Benedetto Croce pensava che la storia non potesse farsi con i «se». Ma, come detto sopra, «se» e «perché» sono spesso collegati e potrebbe risultare molto difficile bandire i condizionali controfattuali e tenersi invece le spiegazioni causali.

Per una discussione di questi argomenti, cfr. C. Pizzi, *I condizionali controfattuali*, in «Linee di Ricerca», Swif, 2006, pp. 785-823 (http://philosophyofinformation.net/biblioteca/lr/intro.php).

[112] A. Lenhart e S. Fox, *Bloggers. A Portrait of the Internet's New Storytellers*, Pew Internet, 2006. In versione Pdf gratuita: http://www.pewinternet.org/PPF/r/186/report__display.asp

to ed esprimere un'opinione, ma per raccontare la propria storia»[113].

Allo stesso modo sarebbe facile rilevare che il settantasette per cento delle persone va in osteria per bersi una birra, ma questo non significa che farà *soltanto* quello. Senza voler incensare il fenomeno dei blog, è certo che chi ne apre uno «per raccontarsi» finisce in realtà per fare molte altre cose e ha l'opportunità di essere un cittadino meno passivo di tanti altri. E infatti, se si legge davvero la ricerca di Lenhart e Fox, si scopre che il sessantaquattro per cento dei blogger scrive di diversi argomenti, che il cinquantacinque per cento si occupa di cronaca, che il settantasette per cento cerca di condividere opere creative, che il settantadue per cento legge notizie di politica (contro il cinquantotto per cento degli internauti generici).

Salmon sostiene che l'invito a raccontarsi è la nuova forma assunta nel mercato globale dall'imposizione a consumare. Prendi quello che vuoi dal supermarket degli stili, costruisci il marchio che si chiama te stesso e reclamizzalo con la tua storia. Facebook insegna. Non piú: «compro, quindi sono», ma «sono, quindi compro (e faccio comprare)»[114].

È un fatto che lo sfruttamento degli individui diventa sempre piú molecolare. Dal mettere a profit-

---

[113] C. Salmon, *Une Machine à fabriquer des histoires*, in «Le Monde Diplomatique», novembre 2006 [trad. it. *Una macchina inventa-storie*, in «il manifesto/Le Monde Diplomatique», novembre 2006].

[114] Facebook, però, non insegna solo questo. Dimostra, ad esempio, che alcuni beni aumentano di valore quando li si condivide. Educa a considerare il gruppo come risorsa e non soltanto come fardello o come arena di competizioni. Non sarà la via digitale al socialismo, ma sono comunque aspetti che non vanno sottovalutati, specie perché i «nativi della rete» li respirano ormai come aria di casa.

to il lavoro delle masse, si è passati al loro tempo libero, dal tempo libero alla vita privata di ciascuno e dalla vita privata all'autobiografia. Dimmi i tuoi desideri e li trasformerò in merci. Raccontami che personaggio sei e ti fornirò gli accessori.

Tutto questo è vero, ma ancora una volta si commette l'errore di guardare i media da una parte sola. Come se tutte le strategie fossero dettate dai grandi colossi della comunicazione e la gente non potesse fare altro che assecondarle. I grandi media tentano di costruire un business sulle spalle dei consumatori, ma non possono piú eludere la loro domanda di contenuti liberi e malleabili, aperti e fuori controllo. Tra queste due esigenze è in atto un conflitto, non un dominio a senso unico.

Il marketing si serve dei nostri racconti cosí come si serve della nostra carne per appenderci marchi, slogan e firme, ma non per questo buttiamo via i nostri corpi. Karen Blixen scrisse che essere una persona è avere una storia da raccontare. Forse anche piú di una. Ed è normale che la gente sfrutti la possibilità tecnologica di diffondere queste storie, condividerle, giocare con la propria identità e negoziarla in un mondo piú vasto del cortile di casa. Il piacere di raccontarsi è alla base di progetti come la Banca della Memoria (www.bancadellamemoria.it), dove persone nate prima del 1940 possono caricare video di dieci minuti e ricordare un episodio significativo della loro vita. È difficile pensare che un'idea del genere risponda a una nuova logica consumista.

L'affabulazione è obbligatoria com'è obbligatorio mangiare. Da almeno due secoli, tenere un diario è un passatempo creativo per le persone. Oggi è anche lo strumento che consente a molti l'accesso in una cultura partecipativa, dove il consumismo è onnipresente, ma i consumatori hanno molte opportunità per influenzare dal basso il loro rapporto con le merci, tanto a livello simbolico che materiale.

4. *L'inflazione dell'immaginario*.

Nelle parole di Annette Simmons, il complesso rapporto tra fatti e storie si riassume cosí:

> La gente non vuole piú informazione. Ne ha fin sopra i capelli di informazione. La gente vuole fede. È la fede che smuove le montagne, non i fatti. I fatti non producono fede. La fede ha bisogno di una storia che la sostenga – una storia ricca di significato e che ispiri fiducia[115].

Queste poche righe sono il virus in provetta della febbre narrativa. Se oggi le storie *vanno di moda*, è perché sedicenti esperti di *storytelling* hanno saputo vendere, con argomenti simili, i loro corsi di nulla ai manager e ai macellai.

Ma cosa differenzia una posizione inaccettabile come questa, dove le storie servono solo per convincere, da quanto ho cercato di illustrare fin qui?

La risposta è nella parola *fede*. La gente vuole fede se non ha niente di meglio per interpretare il mondo. William James giustificava la volontà di credere solo di fronte alla prospettiva di un dubbio che impedisse qualunque scelta. È un errore pensare che i

---

[115] A. Simmons, *The Story Factor: Inspiration, Influence and Persuasion through Storytelling Persuasion*, in www.storytellingcenter.org/resources/articles/simmons.htm

fatti da soli possano rovesciare i dubbi. Ma è un errore altrettanto grossolano pensare che la fede sia l'unica forza in grado di farlo.

Guru e predicatori dell'èra digitale ci mettono in guardia ogni giorno sui rischi di un'overdose informativa. Prova ne siano i mille miliardi di pagine caricate in rete negli ultimi seimila giorni o altri dati equivalenti. Tuttavia, esiste una grossa differenza tra *overdose* e *abbondanza*. Posso avere la cantina piena di vino (abbondanza) senza per forza bermelo tutto in un colpo solo (overdose). E poi ci sono sostanze che non conoscono un sovradosaggio: l'aria, le carezze, i biscotti di mia zia.

Quattro secoli fa, con il diffondersi della stampa, l'Occidente affrontò un passaggio analogo, dalla scarsità di libri a una loro maggiore divulgazione. Geronimo Squarciafico scrisse nel 1477 che «l'abbondanza di libri rende gli uomini meno studiosi, distrugge la memoria e indebolisce la mente sollevandola da un duro lavoro»[116]. Oggi nessuno si azzarderebbe a dire che una libreria ben fornita o una grande biblioteca aperta al pubblico sono un veleno per il pensiero. È un genere di ricchezza che ci siamo abituati a gestire[117]. Ad esempio, indicando il nome dell'autore, sulla costa di un libro e sulla copertina, un'abitudine per nulla ovvia ai tempi di Robert Burton, uno che già nel 1621 si sentiva travolto dalla valanga informativa.

---

[116] In M. Lowry, *The World of Aldus Manutius: Business and Scholarship in Renaissance Venice*, Cornell University Press, Ithaca 1979.

[117] Il paragone tra l'abbondanza di informazioni prodotta da Internet e quella di libri dovuta all'introduzione del torchio a stampa è stata proposta da C. Shirky, *Here Comes Everybody. The Power of Organizing without Organizations*, Penguin, New York 2008.

Sento novità tutti i giorni e le *solite* notizie di guerre, pestilenze, incendi, inondazioni, furti, assassinii, massacri, meteore, comete, prodigi e strane apparizioni[118].

La differenza tra il mondo del XVII secolo e quello odierno è soprattutto un fatto di dimensioni. Ai tempi di Burton ci si informava per piacere intellettuale o per curiosità da comari, ma erano poche le notizie che toccavano davvero la vita di una persona. Oggi informarsi è una necessità perché il villaggio globale è piccolo ma denso come un frattale. Come in ogni villaggio che si rispetti, è bene sapere tutto di tutti, perché le azioni e i pensieri altrui ci riguardano da vicino. L'abbondanza di informazioni sarebbe un problema da poco se si trattasse soltanto di trovare, nel marasma, quello che ci interessa. Il modo per riuscirci esiste già, sono i motori di ricerca. Il piú delle volte, però, quel che ci interessa è il marasma stesso: non una singola conoscenza, ma l'intelligenza collettiva[119] che le sta intorno.

La pagina dei risultati di una ricerca con Google, per i *nerds* entusiasti è l'icona di un nuovo dio, capace di rispondere sempre alle preghiere dei fedeli[120]. Per gli apocalittici simboleggia invece un sistema so-

---

[118] R. Burton, *The Anatomy of Melancholy* [1621] [trad. it. *Anatomia della malinconia*, Marsilio, Venezia 1983].

[119] «Che cos'è l'intelligenza collettiva? In primo luogo bisogna riconoscere che l'intelligenza è distribuita dovunque c'è umanità, e che questa intelligenza, distribuita dappertutto, può essere valorizzata al massimo mediante le nuove tecniche, soprattutto mettendola in sinergia. Oggi, se due persone distanti sanno due cose complementari, per il tramite delle nuove tecnologie, possono davvero entrare in comunicazione l'una con l'altra, scambiare il loro sapere, cooperare. Detto in modo assai generale, per grandi linee, è questa in fondo l'intelligenza collettiva» (P. Lévy, *L'intelligenza collettiva. Per un'antropologia del cyberspazio*, Feltrinelli, Milano 1996).

[120] Secondo la Church of Google, il motore di ricerca di Mountain View sarebbe la cosa piú vicina a un dio che l'uomo abbia mai potuto conoscere con

vraccarico, dove il problema non è piú trovare un dato o una notizia, ma trovarne troppi. Già, ma troppi per cosa? Per elaborare una sintesi? Per tenere conto di tutto? O non sarà piuttosto che il diluvio dei saperi ha messo a nudo un'antica verità e cioè che le domande e le incertezze *aumentano* all'aumentare della conoscenza?[121].

Uno studio di James Evans, del dipartimento di Sociologia dell'Università di Chicago, ha mostrato che Google è solo in apparenza una finestra *troppo larga* sul mondo. Partendo da un archivio impressionante di trentaquattro milioni di articoli scientifici, ha scoperto che da quando molte riviste si possono consultare on-line, riferimenti, note e citazioni sono diminuiti e vengono ricavati da una cerchia sempre piú ristretta di testi e di autori.

> Mi aspetto un risultato simile – ha dichiarato James Evans – anche in ambito non accademico: un motore di ricerca può allargare l'orizzonte degli utenti, ma in realtà rischia di diminuire la diversità delle fonti e delle idee. Tutti finiscono per consultare gli stessi siti: i primi della lista, i piú accessibili, i piú conosciuti[122].

Studi come questo hanno il merito di spostare l'accento dalla *percezione* dell'abbondanza – per alcuni diabolica, per altri divina – alla *valutazione* degli stru-

---

i sensi. Le nove prove della divinità di Google comprendono: onnipresenza, onniscienza, risposta alle preghiere, immortalità potenziale, infinità potenziale, memoria sovrumana, benevolenza universale, superiorità rispetto agli altri dèi, esistenza attuale. Si veda www.thechurchofgoogle.org

[121] Sul fatto (in apparenza) paradossale che all'aumentare della conoscenza aumenti anche l'ignoranza, ha scritto un post interessante Kevin Kelly, uno dei fondatori della rivista «Wired». Si intitola *The Expansion of Ignorance*, www.kk.org/thetechnium/archives/2008/10/the__expansion_o.php

[122] J. A. Evans, *Electronic Publications and the Narrowing of Science and Scholarship*, in «Science», vol. CCCXXI, n. 5887, pp. 395-99, luglio 2008.

menti che stiamo costruendo per poterla maneggiare con efficacia. Questi strumenti non sono soltanto tecnici, come nel caso di un motore di ricerca, ma anche metodologici e cognitivi. Internet è un canale per trasmettere idee, ma i pensieri, se vogliono percorrerlo, devono adattarsi al suo formato, come fango che scorre in un tubo. L'abitudine a comunicare con un determinato mezzo modifica il nostro cervello e il nostro modo di usarlo per pensare.

A questo proposito Nicholas Carr sostiene che Internet ci ha reso piú stupidi perché ha cambiato il nostro modo di leggere. La rete ci ha abituato a scorrere un testo in velocità, focalizzare l'attenzione su alcune righe, magari copiarle e passare subito a una nuova pagina, collegata alla precedente. Facciamo sci d'acqua in superficie, invece di immergerci nelle profondità per carpire segreti.

> Il genere di lettura profonda che un libro stampato può attivare non è prezioso solo per quello che impariamo dalle parole dell'autore. Nei quieti spazi spalancati dalla lettura continua e senza distrazioni di un libro, noi produciamo associazioni mentali, tracciamo inferenze e analogie, partoriamo idee[123].

Secondo Carr, perdere i «quieti spazi» della lettura profonda significa perdere una palestra importante di «pensiero profondo», qualcosa che la lettura superficiale e frammentaria incoraggiata dal web non potrà mai sostituire.

Per quanto mi riguarda, non ho difficoltà a usare il surf sulle onde della rete, lo scafandro negli abissi

---

[123] N. Carr, *Is Google Making Us Stupid?*, in «Atlantic Monthly», luglio-agosto 2008.

di un romanzo e il tappeto volante in una notte di stelle. Non credo che l'abitudine a utilizzare un mezzo possa plasmare il cervello una volta per tutte. Spostarsi in auto per molte ore al giorno non ci impedisce di nuotare in piscina, pedalare su una bici o camminare in un bosco. Non sono i mezzi a motore a farci diventare obesi e sedentari. Il fatto è che mangiamo troppo rispetto a quel che bruciamo, mentre sudare non piace a nessuno. Tutte le invenzioni dell'uomo, dalla ruota alla rete, nascono dal desiderio di fare meno fatica[124].

La «lettura superficiale» serve per affrontare l'abbondanza senza fare indigestione: assaggio diversi piatti, per poi saziarmi con quelli che mi sembrano piú appetitosi. Come chi sfoglia il giornale per decidere quali articoli leggere con piú attenzione[125].

---

[124] Paul Virilio ritiene che la *domotica*, cioè l'automazione della vita domestica, sprofonderà gli individui in un «coma abitativo». Eppure, non è sempre vero che le macchine atrofizzano o sostituiscono le capacità umane. Con la macchina per fare il pane, molte persone hanno cominciato a produrre in casa un cibo che prima compravano dal fornaio. Altri, come me, continuano a fare il pane con le mani e il lievito naturale. Ma questa è un'altra storia.

[125] L'idea che la rete favorisca una conoscenza allargata, veloce, ma superficiale, è stata sostenuta da molti (cfr. A. Baricco, *I Barbari. Saggio sulla mutazione*, Fandango, Roma 2006). Tuttavia, una delle figure piú tipiche dell'èra digitale è il *geek*, «una persona sprofondata nel suo campo di interesse, a scapito di abilità sociali, igiene personale e *status*». Ovunque sbocciano vaste comunità di smanettoni, maniaci dei giochi da tavolo, cinefili incalliti, lanciatori di boomerang, esperti di reggae africano. Gente non meno profonda, nelle sue acque, del rimpianto intellettuale che sapeva tutto di Beethoven e aveva ascoltato in estasi tutte le sue opere in tutte le registrazioni disponibili. Senza contare che molto spesso una conoscenza «allargata» è per ciò stesso profonda: se ho ascoltato almeno un album di tutte le band inglesi degli anni Settanta, non si può dire che non conosco quel periodo della musica inglese in maniera approfondita. In tutti i campi della conoscenza, la rete ha ridotto le distanze tra esperti e amatori: se non in termini di sapere attuale, quantomeno in termini di opportunità di sapere. E questo, per l'intellettuale *d'antan*, è un'insopportabile minaccia (cosí come per Squarciafico era una minaccia il diffondersi di libri).

Con argomenti molto diversi, sia Carr che Simmons individuano nella narrazione una possibile medicina contro l'overdose informativa. Non condivido la prospettiva apocalittica di Carr («Google ci rende piú stupidi») e nemmeno quella millenarista di Simmons («La gente vuole fede»). Tuttavia penso che raccontare storie possa essere davvero una strategia di sopravvivenza, in una infosfera sempre piú vasta e inquinata.

Il solito Salmon ritiene invece che la cura sia peggio del male e che a forza di somministrarla, la medicina abbia perso efficacia, indotto assuefazione e generato un effetto paradosso. Le storie si sono svalutate, diventando armi di distrazione di massa. Le emozioni degli individui sarebbero catturate da un cosí vasto numero di racconti, aneddoti, autobiografie, che anche un narratore di talento faticherebbe a farsi ascoltare, a coinvolgere i lettori.

In tempi di inflazione, la moneta cattiva scaccia quella buona, ma solo se è difficile distinguere tra le due. Le storie non sono tante monete dello stesso valore, tutte uguali tra loro. La presenza «sul mercato» di narrazioni banali e insignificanti non dovrebbe offuscare le migliori. Anzi, per contrasto, dovrebbe renderle piú luminose, senza dubbio piú frequenti. Dove c'è molta merda crescono molti fiori.

Il torchio a stampa di Gutenberg, aumentando la produzione di libri, diminuí anche la qualità media del prodotto, perché in tempi di abbondanza si produce molta merce di scarso valore. L'esito, tuttavia, non fu né una svalutazione dei testi né uno scadimento del gusto e della cultura letteraria, ma al contrario una sua maggiore diffusione.

Chi sostiene che l'epoca di Gutenberg e quella di Internet non sono paragonabili, fa appello ai rapporti di forza esistenti. I grandi conglomerati mediatici hanno una potenza di fuoco talmente soverchiante da poter seppellire qualunque avversario. Gli scaffali delle librerie vengono occupati *manu militari* dai best-seller del momento, che conquistano cosí anche i comodini dei lettori e le poche energie riservate ai romanzi. Il problema esiste senz'altro, ma di nuovo, non si possono valutare certe strategie di marketing presupponendo la totale acquiescenza del pubblico. Esistono libri portati al successo dal passaparola ed esistono romanzi che riescono a essere influenti pur restando in una nicchia. E nemmeno si deve sottovalutare il fenomeno, oramai dispiegato, che sta trasformando il mercato di massa in una massa di mercati, dove il *mainstream* è soltanto una nicchia piú grande delle altre, ma con un pubblico meno affezionato e meno attivo[126]. È sempre stata l'interazione tra il potere concentrato dei media ufficiali e il potere diffuso dei media amatoriali a determinare le fortune di una storia. La cultura popolare è un campo di battaglia dove l'artiglieria di grosso calibro ce-

---

[126] «La diffusione di Internet ha permesso di abbattere i costi di distribuzione e magazzino, spezzando il legame che vincolava il successo alla visibilità. La possibilità di gestire un catalogo virtuale pressoché illimitato ha rivoluzionato il modello economico dominante: semplicemente, vendere anche solo poche copie al mese di migliaia di titoli è piú redditizio che vendere migliaia di copie di pochi titoli». Per questa analisi dell'evoluzione del mercato, cfr. C. Anderson, *La coda lunga*, Codice edizioni, Torino 2007.

de il passo alle armi batteriologiche. Per una narrazione è piú importante essere *contagiosa* che essere *esplosiva*.

Anni fa scrivemmo che le storie sono asce di guerra da disseppellire. Intendevamo dire che esse chiamano a raccolta una comunità, come quando gli indiani tolgono il tomahawk da sottoterra, lo piantano su un palo e imboccano il sentiero di guerra. L'ascia del rituale non serve per la battaglia. Molti invece hanno inteso la frase in senso strumentale: le storie sono armi. Scavo, le trovo, le affilo e ci combatto. Non è cosí.

L'immaginario è una palude, un universo anfibio. Chiamiamo realtà l'affiorare di un'isola. Dove alcuni vedono un lago, altri passano con l'acqua alla caviglia. Dove alcuni vedono terra, altri affondano nel fango. Le storie sono pietre di fiume. Anche le piú solide sono fatte di sabbia, e se le metti nel fuoco scoppiano come bombe, perché hanno dentro l'umidità. Si possono lanciare come armi o come attrezzi da giocoliere. Ci si può costruire un rifugio o una diga. Si possono buttare nell'acqua per vedere gli spruzzi o per far emergere un guado. A noi la scelta, purché teniamo conto che c'è una comunità di persone che deve muoversi nella palude, e noi ne facciamo parte. In certi momenti, sarà bello sollevare gli animi di qualcuno, facendo il saltimbanco con una pietra sulla testa. Ma il problema di attraversare il pantano resterà irrisolto.

Sono d'accordo con Salmon quando dice che la palude è squassata dai bombardamenti e l'uso che faremo delle nostre pietre non può che tenerne conto. Bisogna resistere alla violenza simbolica del potere. Quello che trovo insostenibile è l'abbozzo di strategia che egli prende in prestito dall'ultimo manifesto artistico di Lars von Trier:

> La parte di mondo che cerchiamo non può essere circoscritta da una «storia», o avvicinata seguendo «un'angolazione». Storia, argomento, rivelazione e sensazione ci hanno sottratto questo soggetto: il resto del mondo, che non è facile da trasmettere, ma senza il quale ci è impossibile vivere. Il nemico è la storia. La sfida del futuro è vedere senza guardare: sfuocare![127].

Questa lode dell'ineffabile non è altro che una ritirata venduta per contrattacco. Poiché l'immaginario è un pantano, e molte mappe a disposizione sono contraffatte, meglio rinunciare a qualunque percorso e farsi guidare dall'istinto, dal sesto senso, dalla mano di Dio.

Salmon sogna una contronarrazione, capace di inceppare la macchina per fabbricare storie. La proposta ha un vago sapore luddista: qualcun altro ci ha insegnato che il controllo della macchina è molto meglio della sua distruzione. Occorre imparare a usarla, dare e prendere lezioni di guida. Studiarne insieme la manutenzione, averne cura.

Se una contronarrazione esiste, non sarà un sasso nell'ingranaggio. Non sarà una smentita infilata nelle storie altrui, con l'unico effetto di raccontarle di nuovo.

---

[127] Il manifesto in questione, in francese, si trova qui: http://www.commeaucinema.com/notes-de-prod=25617-note-2117.html. La traduzione italiana è mia. Ovviamente, è citato anche in C. Salmon, *Storytelling* cit.

Se una contronarrazione esiste, la macchina mitologica ci aiuterà a costruirla, e le pietre di fiume saranno la materia prima.

L'unica alternativa per non subire una storia è raccontare mille storie alternative.

2. Una Termodinamica della Fantasia

Dunque, riassumiamo.

Il mondo è piccolo, ma denso come un frattale. Per non andare alla deriva, cerchiamo di essere persone informate dei fatti.

Ci ingozziamo di notizie, per ritrovarci con piú domande di prima e le poche risposte, troppo fredde per confortare il cuore. Allora semplifichiamo tutto, per abbandonarci a una fede: una realtà di comodo, facile da maneggiare, che seppellisca il tumulto.

E non ci sarebbe forse nulla di male in questa volontà di credere, se non che la *nostra* fede potrebbe essere la realtà di comodo *di qualcun altro*, il risultato di un'ipnopedia. Una buona storia, raccontata bene, è sufficiente a nascondere la trappola. Ma una buona storia, raccontata bene, può anche essere l'antidoto che ci serve.

Primo, perché quando si tratta di narrazioni, il nostro cervello è piú incline alla complessità. Cosí per comprendere non siamo forzati a comprimere. Molti dubbi sopravvivono e la fede si allontana.

Secondo, perché i fatti non ci toccano, se sono corpi inanimati. Ma le storie sono macchine per la trasfusione di sangue, dispositivi per attivare emozioni.

Terzo, perché i fatti non vanno a picco, se c'è un intreccio che li tiene ormeggiati.

Quarto, perché abbiamo bisogno di leggere il mondo con la profondità e lo spazio che riserviamo ai romanzi.

Tutto sta nel capire come possiamo riuscirci. Come possiamo scrivere romanzi di trasformazione che traducano i fatti in storie o, per meglio dire, che trasformino il racconto stereotipato dei fatti in un racconto significativo e facciano emergere un guado, tra finzione e realtà, tra comprensione e compressione.

Io me ne sono fatta un'idea leggendo i racconti di alcuni diciassettenni.

Qualche tempo fa un'amica professoressa mi ha invitato nel suo liceo per tenere una conferenza dal titolo: *Cos'è la letteratura?*

Spaventato dal compito, ero sul punto di rifiutare, poi mi sono detto che in fondo non dovevo essere per forza *io* a rispondere alla domanda, ma bastava forse che facessi riflettere gli studenti, per aiutarli a trovare la *loro* risposta.

Come prima mossa, ho chiesto alla mia amica di leggere nelle classi un racconto di Donald Barthelme, *Il pallone*, del 1981[128]. In Italia l'autore non è molto noto, ma negli Stati Uniti è considerato uno dei più

---

[128] Una traduzione italiana del racconto si trova in D. Barthelme, *Atti innaturali, pratiche innominabili*, minimum fax, Roma 2005. Una versione Pdf gratuita si può scaricare dal sito della casa editrice: www.minimumfax.com/video/2005/2/09barthelme_atti.pdf

UNA TERMODINAMICA DELLA FANTASIA

grandi scrittori di *short stories*, al pari di Hemingway e Carver. David Foster Wallace ha dichiarato in un'intervista che proprio la lettura di *The Balloon* gli fece capire che scrivere era tutto quello che voleva fare nella vita.

La storia è piuttosto semplice: il narratore gonfia un enorme pallone e lo fa piazzare nottetempo sopra i palazzi di Manhattan. La struttura occupa una cinquantina di isolati. Al risveglio, i cittadini la accolgono con reazioni diverse e si interrogano sulle sue possibili funzioni e benefici. Le autorità decidono di lasciarla dov'è, incapaci di sgonfiarla e convinte che dopotutto alla gente non dispiaccia. Passano ventun giorni, la compagna del narratore torna dalla Norvegia, vede il pallone e scopre che il protagonista lo ha gonfiato come «spontanea apertura autobiografica, connessa con il disagio e con l'astinenza sessuale». Cosí il pallone viene sgonfiato, ripiegato e riposto in un magazzino della West Virginia.

Come seconda mossa, ho chiesto alla mia amica di discutere in classe del racconto, senza esagerare con l'esegesi, giusto per arrivare a dire che Barthelme, in forma di parabola, ci offre il suo punto di vista sul senso e la funzione della letteratura.

Fatto questo, ogni studente ha ricevuto il file del racconto, con il compito di trasformarlo, riscriverlo, violentarlo a piacimento e poi di spedirmi il tutto.

I testi cosí prodotti, pensavo, potevano esprimere una *critica creativa* dell'originale, diversa dai commenti accademici che gli studenti imitano (o copiano) dalle antologie quando devono fare il tema di letteratura. Mi auguravo che alcuni concetti, difficili da esprimere in un linguaggio tecnico, potessero trovare la loro strada in una scrittura narrativa[129].

Come terza mossa, ho letto i racconti dei ragazzi e sono andato a scuola per discuterne con loro.

0. *Romanzi di trasformazione*.

L'esperimento che ho proposto agli studenti, rispetto a una riscrittura spontanea, si differenzia per il fatto che il racconto di partenza è già indicato, non lo si può scegliere. Di solito, quando qualcuno decide di modificare un testo in maniera creativa, lo fa sotto la spinta di due forze contrapposte: l'originale lo affascina, ma è deluso da alcuni elementi. Se un appassionato di *Il Signore degli anelli* scrive un racconto collaterale della saga, è perché l'universo narrativo di Tolkien, per quanto meraviglioso e dettagliato, non gli sembra completo. O magari non è del tutto coerente, o sacrifica troppo un personaggio, o non illumina abbastanza un cono d'ombra.

Quando si tratta di «raccontare i fatti», cioè di trasformare un racconto dei fatti in un nuovo racconto, la nostra scelta è guidata dagli stessi elemen-

---

[129] «La scuola tradizionale insegna agli studenti come leggere un testo allo scopo di produrre una risposta critica; noi vogliamo incoraggiarvi a considerare come insegnare agli studenti a rapportarsi con un testo in maniera creativa. [...] Le storie dei fan non sono semplici "estensioni" o "continuazioni" dell'originale. Sono argomentazioni costruite attraverso nuove storie piuttosto che con saggi critici. Mentre un saggio letterario usa un testo per rispondere a un altro testo, la *fan fiction* usa la *fiction* per rispondere alla *fiction*» (H. Jenkins, *How Fan Fiction Can Teach Us a New Way to Read «Moby Dick»*, in http://henryjenkins.org/2008/08/how__fan__fiction__can__teach__us__a.html).

ti: fascino & frustrazione. La realtà ci affascina e ci opprime perché ne siamo circondati, perché è in parte prevedibile – dunque possiamo controllarla, ma a volte ci annoia – e perché è in parte imprevedibile – dunque ci fa inciampare ma stimola la nostra curiosità. Il racconto della realtà, invece, ci affascina quando è complesso e ci frustra quando è complicato. Ci affascina con l'ordine degli elementi e ci frustra con la semplificazione.

Proviamo questi sentimenti al massimo grado quando ci imbattiamo in simulacri di storia, di cronaca o di memoria. Resoconti schematici e stereotipi, che finiscono per essere considerati piú veri della realtà stessa, quando invece sono buoni al massimo per rievocazioni in costume. In questo sta il loro aspetto frustrante, ma il vuoto che impacchettano è anche motivo di grande fascino, perché sentiamo che è il luogo ideale dove affondare il coltello, per far esplodere le contraddizioni del senso comune e degli ideali conclamati. Quel vuoto è tale perché *svuotato*. È un nulla artificiale che allude a centinaia di tesori: il dopoguerra, Hitler, i Balcani, la Resistenza, la mafia...

1. *Trasformazione espansiva: integrare il testo.*

In inglese si chiama *nitpicking*, fare le pulci, ed è l'operazione creativa piú semplice e primordiale che si possa fare su un testo. Correggere gli errori. Oppure: lasciare gli errori dove stanno e correggerne le conseguenze. Uno degli studenti, ad esempio, ha modificato il sistema di ormeggio del pallone, perché il gioco di contrappesi inventato da Barthelme non gli pareva convincente. Ha introdotto funi e cavi d'acciaio, che poi hanno finito per ricavarsi un ruolo nello sviluppo della storia, provocando danni e addirittura una testa mozzata. Un altro ha cercato di spiegare meglio come mai le autorità cittadine non siano in grado di sgonfiare il pallone.

Se il Doctor House sbaglia a elencare i sintomi di una malattia, il fan della serie esperto di medicina gli fa subito le pulci. Se ne ha voglia, può anche riscrivere la puntata e trasformare lo sbaglio in un elemento narrativo: non piú un errore degli sceneggiatori, ma un errore di House, che incide sulla trama e sulla salute del paziente.

Non sempre una storia si porta addosso pulci di tipo tecnico. Altre volte si tratta di buchi nella struttura del racconto. In quel caso, una *critica creativa* del testo consiste nel rendere piú chiaro un passaggio, piú esplicito un dialogo – o viceversa: renderli piú oscuri se risultano troppo telefonati. Una sorta di editing senza il consenso esplicito dell'autore (ma in fondo, cos'è pubblicare una storia, se non dare un assenso esplicito a questo genere di operazioni?)

Quando la materia prima della trasformazione narrativa sono i simulacri di cronaca che ho descritto prima, fare *nitpicking* significa interrogare gli archivi, le fonti orali e scritte, i testimoni oculari. Fare un lavoro da storico, ma con obiettivi diversi. Infatti, mentre lo storico compie le sue ricerche per avvicinarsi alla realtà dei fatti, il narratore ha solo bisogno di allargare la sua base di lavoro, sapere cos'è già stato raccontato e quante versioni alternative esistono del suo racconto di partenza.

Non è questione di essere esatti, ma di essere consapevoli.

Inutile dire che Internet e l'intelligenza collettiva hanno aumentato a dismisura questa possibilità di ricerca. Un semplice appassionato può rintracciare e consultare con facilità materiali che un tempo erano appannaggio di storici e giornalisti. Questo fa sí che la scrittura (e la lettura «esperta») di storie che utilizzano quei materiali sia alla portata di un numero sempre maggiore di persone.

Il genere del romanzo storico è uscito molto cambiato dalla rivoluzione digitale: se un tempo si scrivevano soprattutto romanzi di *ambientazione* storica – perché i materiali rintracciati dall'autore non accademico non consentivano altro – oggi si scrivono romanzi di *trasformazione* storica, dove le fonti di storia e di cronaca sono i materiali di partenza della macchina narrativa.

Se prima la storia era per lo piú un fondale, lo scenario di un teatro, i costumi, oggi essa entra a far parte dell'intreccio in una sorta di realtà mista, nel senso di *mixed reality*, l'intero spettro che va dalla realtà alla finzione, passando per i diversi incroci delle due[130].

---

[130] Il concetto di «continuum virtuale» è stato introdotto per la prima volta da P. Milgram e A. F. Kishino, *Taxonomy of Mixed Reality Visual Displays*, IEICE Transactions on Information and Systems, E77-D(12), 1994, http://vered.rose.utoronto.ca/people/paul_dir/IEICE 94/ieice.html

«L'ambiente operativo delle nuove telecomunicazioni sarà costruito in modo da provvedere uno spazio virtuale con abbastanza realtà da poter garantire la comunicazione. Il nostro obiettivo è di esaminare l'idea di avere da una parte lo spazio virtuale e dall'altra la realtà, entrambi disponibili all'interno dello stesso ambiente operativo».

2. *Trasformazione ermeneutica: interpretare il testo.*

Prima di iniziare a scrivere, i «miei» studenti hanno estratto dal racconto di Barthelme un'interpretazione minima: il pallone gonfiato è un'allegoria dell'opera letteraria.

Non è sempre detto che un passaggio cosí esplicito sia necessario per trasfigurare una storia. Nella fiaba di Andersen *I cigni selvatici*, si racconta di un principe che condanna a morte una povera ragazza, perché qualcuno gli ha fatto credere che sia una strega. Al momento di bruciare sul rogo, la ragazza riesce però a convincerlo della sua innocenza e il principe, pentito, la sposa.

«Io me ne sarei andata», commenta dal suo letto mia figlia di cinque anni, ma poi non mi sa spiegare perché non avrebbe sposato il principe. La lingua e le strutture narrative di un testo ci possono suggerire una *critica creativa* senza passare da un'interpretazione esplicita.

Quando però la materia prima è una cronaca, cioè un racconto di fatti, è raro che la lingua e l'intreccio siano abbastanza vitali da fornire un'ispirazione immediata.

Credo anzi che sia ingannevole voler raccontare una storia di questo tipo senza prima aver preso la mira, non tanto con la trama, ma con un'ottica sul mondo. Il rischio è di riprodurre un'interpretazione data, incorporata nella narrazione, senza nemmeno accorgersene o peggio fingendo di non vederla, in nome dell'obiettività, del distacco emotivo e della natura *letteraria* del proprio lavoro[131].

Inoltre, è proprio un'interpretazione consapevole – esplicita nella testa di chi scrive, anche se dissimulata sulla pagina – che permette a un romanzo di diventare *metastorico*, cioè di trascendere le epoche, tanto quella dell'azione narrativa quanto quella dell'effettiva pubblicazione.

Di recente Spike Lee ha girato un film sulla strage nazifascista di Sant'Anna di Stazzema. Ha ricevuto molte critiche per via di alcune scelte narrative che non rispecchiano la realtà storica. L'associazione dei partigiani lo ha accusato di non aver raccontato la verità e Lee si è difeso dicendo che il film, fin dal classico *disclaimer* iniziale, dichiara di essere un'opera di fantasia.

A mio parere, hanno torto entrambi. Da un lato, chi rimprovera a una storia di non essere *vera*, dall'altro, un regista che non si assume la responsabilità di aver *interpretato* i fatti, a maggior ragione perché le scene criticate sono farina del suo sacco, frutto della sua fantasia, dunque di una scelta consapevole e non di un banale errore storico[132].

Lars von Trier, nel già citato manifesto, sostiene il bisogno di sfuocare, contro un'informazione inginocchiata di fronte all'altare della nitidezza. Il passaggio non è chiaro, né si chiarisce oltre, ma se il

[131] «L'alternativa è tra narrazione con interpretazione incorporata – che è la vecchia pretesa dell'oggettivismo storico – e il suo contrario: interpretazione con incorporata la narrazione» (M. Tronti, *Poscritto di problemi*, in *Operai e Capitale*, Einaudi, Torino 1971, p. 268).
[132] Il film è *Miracolo a Sant'Anna*, uscito nelle sale italiane nell'ottobre 2008.

bersaglio è la mitologica «purezza dei fatti», non si può che essere d'accordo. Se i fatti sono puri non significano nulla. Se invece hanno un senso, allora non sono puri, e ogni presunta «obiettività» è malcelata interpretazione. Se non si indossa un paio di occhiali, i fatti risultano sfuocati. Von Trier canta proprio le lodi del fuori fuoco, di un «puro sguardo» in qualche modo speculare al «puro fatto»: io preferisco tenermi gli occhiali.

3. *Trasformazione visuale: orientare il testo.*

Qualunque racconto ha bisogno di un punto di vista. Scegliere quale non è un'operazione tipica di un certo modo di raccontare, ma un passaggio inevitabile per costruire una storia.

Quando però il punto di partenza della narrazione è a sua volta una narrazione, il senso della scelta cambia in modo radicale. In questo caso, infatti, un punto di vista esiste già, proprio perché esiste già un racconto, cioè il canone che intendiamo trasformare.

Giocare con le prospettive è un aspetto tipico della narrativa di trasformazione. Come sarebbe *L'isola del tesoro* raccontata da Long John Silver? Come sarebbe il Vangelo raccontato da Giuda? Come sarebbe un ventennio di storia italiana, visto con gli occhi dei criminali della Banda della Magliana?

Nella *short story* di Barthelme il narratore è colui che ha gonfiato il pallone. Nella storia ufficiale di Sant'Anna di Stazzema, i punti di vista sono quelli dei superstiti, dei partigiani, degli ufficiali britannici. Chi vuole elaborare queste storie non è davvero libero di scegliere uno sguardo, ma deve decidere se mantenere quelli che ha già – perché ne è affascinato – oppure se cercarne altri, per riempire un buco che lo assilla.

Spike Lee ha deciso di rappresentare nel suo film il punto di vista dei neri americani che combatterono nella zona di Sant'Anna. Una studentessa iconoclasta ha cancellato l'intero racconto di Barthelme e l'ha sostituito con poche righe, dove la ragazza del narratore torna dalla Norvegia, pensando a quanto è stata bene lassú. Arrivata a casa, l'uomo le racconta che il pallone sospeso su Manhattan è opera sua e che l'ha messo lí perché si sentiva solo. Allora lei gli dà del pallone gonfiato egocentrico e se ne va a vivere a casa di un'amica.

Henry Jenkins ha fatto notare lo stretto legame che esiste tra lo scegliere in questo modo il punto di vista di una storia e una delle classiche domande che la *media education* insegna a porsi di fronte a un testo: «Quali stili di vita, valori e punti di vista sono rappresentati, oppure omessi, da questo messaggio?»[133].

L'osservazione è importante perché ribadisce una volta di piú come le scelte narrative che facciamo per trasformare una storia siano l'espressione creativa di una critica alla storia stessa.

---

[133] H. Jenkins, *How Fan Fiction* cit. Le altre domande classiche della *media education* sono: 1. Chi ha prodotto il messaggio? 2. Che tecniche ha usato per attirare la mia attenzione? 3. Persone diverse da me, come potrebbero intendere il messaggio in maniera diversa? 4. Perché il messaggio è stato prodotto?

Nell'ottavo canto dell'*Odissea*, Ulisse è alla corte di Alcinoo, re dei Feaci. Nessuno sospetta la sua vera identità, finché l'aedo cieco Demodoco, durante un banchetto, narra gli eventi della guerra di Troia. Allora l'eroe, incontrando se stesso nelle parole del poeta, scoppia in lacrime e rivela ad Alcinoo il suo nome.

Non è il semplice ricordo, la nostalgia del passato a far piangere Ulisse. Né i fatti cantati dall'aedo sono di per sé tristi: al contrario, celebrano la vittoria degli Achei e l'astuzia del loro campione. Sono due gli elementi che li rendono commoventi, cioè significativi: l'intreccio del racconto e lo sguardo *dall'esterno* del poeta[134].

Per comprendere cosa siamo, non bastano i fatti, ci serve una storia. E perché quella storia non sia un semplice parlarsi addosso, non basta guardarsi l'ombelico, serve il punto di vista di un altro. Niente di piú vero della famosa frase di Gobetti, che definí il fascismo «l'autobiografia di una nazione»[135]. Non a caso molta letteratura postcoloniale, e in particolare il cosiddetto realismo magico, ha come tratto distintivo la scelta di un punto di vista *altro*, schiacciato

---

[134] Anna Caravero ha battezzato «paradosso di Ulisse» questo bisogno di costruirci un'identità, di capirne il significato, a partire dal racconto degli altri. Cfr. A. Caravero, *Tu che mi guardi, tu che mi racconti*, Feltrinelli, Milano 2007.

[135] «Il fascismo è stato l'autobiografia della nazione. Una nazione che crede alla collaborazione delle classi, che rinuncia per pigrizia alla lotta politica, è una nazione che vale poco» (P. Gobetti, *La rivoluzione liberale. Saggio sulla lotta politica in Italia*, Cappelli, Bologna 1924).

La definizione è stata poi ripresa e ampliata da Carlo Rosselli in *Socialismo liberale*, Edizioni U, Roma 1945: «Il fascismo è stato in un certo senso l'autobiografia di una nazione che rinuncia alla lotta politica, che ha il culto

dalla Storia e dall'imperialismo. In Occidente, la stessa strategia narrativa porta a mettere il racconto nelle mani di criminali, devianti, comprimari, animali, oggetti. Ma questo allargamento segnala anche un cambio di strategia. Nella letteratura postcoloniale le voci che riemergono portano in superficie verità perdute: ciò che è *altro* è per ciò stesso *vero*, perché è un pezzo rimosso di realtà. Nei *romanzi di trasformazione* l'accento non è sulla verità, ma sull'alterità dei punti di vista. L'angolo scelto dall'autore per interpretare i fatti non coincide con il punto di vista di un personaggio in particolare. Anche chi racconta ha bisogno di straniamento, cosí fa a pezzi la propria visione e la declina con cervelli diversi, occhi alieni, per evitare, in ultima analisi, di fare il tifo per se stesso. Questo scarto permette al romanzo di nascere con una forte interpretazione, ma di non morire per eccesso di consapevolezza «politica»: si tratta di aiutare a comprendere, non di spiegare.

4. *Trasformazione prossemica: abbracciare il testo.*

Nella *short story* di Donald Barthelme, il narratore si ritira appena ha piazzato il pallone. È un de-

---

dell'unanimità, che rifugge dall'eresia, che sogna il trionfo della facilità, della fiducia, dell'entusiasmo».

Entrambe le frasi interpretano il fascismo come espressione diretta dei peggiori vizi del popolo italiano. Se ne potrebbe dedurre che esso non avrebbe trionfato, se gli italiani fossero stati «migliori». Al contrario, credo che qualunque nazione abbia un concetto «autobiografico» della democrazia sia destinata a invischiarsi in una miscela di populismo, nazionalismo e dittatura piú o meno leggera. La politica dovrebbe rispondere ai bisogni di un paese, non limitarsi a rispecchiarli.

miurgo burlone che crea il mondo e poi lo osserva per il proprio divertimento. Tornerà soltanto alla fine, per dare l'ordine di ripiegare l'opera e di riporla in magazzino.

La maggior parte delle *critiche creative* degli studenti ha riguardato proprio questa distanza, percepita come artificiosa. Nei loro racconti il narratore viene costretto a interagire con gli abitanti di New York, a usare il pallone in qualche modo, a subire le conseguenze della sua stessa installazione: incagliato in una fune da ormeggio, spazzato via da un getto d'aria improvviso, linciato dalla folla.

Risale a Kant l'idea che il giudizio estetico sia puro, cioè indipendente dall'utilità o bontà dell'oggetto e dalla sua reale esistenza. Per questo motivo il vero artista deve essere distaccato dalla sua opera, e l'errore sentimentale è il peggiore che egli possa fare. Nel dare vita a qualcosa di bello, non dovrebbe avere nemmeno la bellezza come fine, ma l'arte dovrebbe germogliare dalle sue mani come una foglia dal ramo. Che dire allora di una casa? Il fatto che sia bella o brutta non dipende dal suo essere abitabile. Ma se non è abitabile non è neppure una casa, e per quanto bella, come palazzo sarà un fallimento. D'altra parte, se la casa è funzionale ma bruttissima da vedere, preferisco non abitarci. In questo la narrativa è simile all'architettura. Non si dovrebbe costruire una casa senza pensare alle persone che ci vivranno dentro.

Il distacco predicato da Kant ricorda da vicino l'oggettività scientifica: anche in questo caso l'economia, la volontà di potenza e l'inconscio sembrano minarlo alle fondamenta. Quando poi si tratta di compiere una trasformazione creativa che ha come materia prima il «racconto dei fatti» e come referente un'intera comunità, allora l'arte disinteressata è davvero impossibile, perché il racconto mi riguarda e l'uditorio mi comprende. Non posso lasciarmi andare alla retorica come se niente fosse, contemplare l'assurdità senza sentirmi in rivolta. Non posso chiudere il libro e vivere oltre la copertina. Usare le parole mi impegna, è un atto reale. Usare la cronaca e la storia non è come assemblare pezzi di cultura: se li guardo dalla giusta distanza scopro che sono pezzi di vita, che ancora pulsano dentro di me e dentro gli altri. Posso usare tutti i metalinguaggi che voglio, ma non posso essere una *meta*persona. Dire: «Piove, ma non ci credo»[136]. Posso concedermi qualsiasi atteggiamento: la risata e il pianto, lo scherzo, il gioco e la tragedia. Ma non posso fingermi estraneo e distante, perché mentirei: *de nos fabula narratur*. Ogni storia parla di noi. Dunque, anche di me.

Questo coinvolgimento non significa intromettersi nella narrazione, fare il tifo per un personaggio o per l'altro, spiattellare in faccia al lettore la propria morale, lottare con le parole per dimostrare una te-

---

[136] Questa affermazione è nota in filosofia come «Paradosso di Moore», ed è stata formulata da George Edward Moore nel 1942. L'assurdità riguarda solo la frase in prima persona, perché in essa non ci può essere distinzione tra descrivere una credenza e affermare una credenza: «credo che *p*» equivale ad affermare *p*. Dire: «Piove, ma non ci credo» è dunque una specie di contraddizione, piú o meno come dire: «Piove e non piove». Secondo Wittgenstein, il paradosso è un nonsenso, perché affermare *p* e poi voler proseguire con un commento sul fatto che ci crediamo o meno, significa mescolare giochi linguistici diversi, aggiungere parole che non aggiungono nulla. Allo stesso modo dovrebbe produrre un nonsenso, nel gioco linguistico dello scrivere romanzi, accostare «l'ho scritto» a «in fondo non me ne importa».

si. Significa solo questo: scrivere i libri che si vorrebbero leggere e non soltanto quelli che si vogliono scrivere. Costruire il romanzo come se fosse la casa che dovremo abitare. Dunque siamo obbligati a essere seri? Nient'affatto. Antoni Gaudí ha costruito a Barcellona diverse dimore tutt'altro che «serie». Spesso ha stupito gli stessi committenti, ma non ha potuto lavorare come se non esistessero. Il committente di un romanzo non è l'arte, l'editore o lo scrittore stesso. È una comunità di persone: una comunità potenziale, non legata a un tempo e a uno spazio precisi, ma non per questo meno reale. Un coacervo di bisogni, relazioni, meschinità e conflitti. È in quel contesto che una storia propone la sua visione. Non per insegnarla, ma per discuterla.

Molti scrittori si guardano bene dall'attribuire alla letteratura un ruolo educativo. Spesso affermano il contrario e ricevono un plauso immediato. Scrivere con intento pedagogico è roba da presuntuosi o da catechisti. A me pare che questa falsa modestia sia in realtà codardia sotto mentite spoglie.

La parola «educare» ha il significato etimologico di «tirare fuori» (dal latino *ex* + *ducere*). L'esempio classico è quello di Socrate, il figlio della levatrice, che aiuta gli interlocutori a partorire concetti e dunque li fa crescere senza inculcare nulla. La nostra idea di educazione è legata al rapporto maestro/allievo, ma di una comunità nel suo complesso potremmo ben dire che educa se stessa e che ciascuno è a suo modo responsabile di quel che essa *tira fuori* da sé. Essere consapevoli di questa dinamica significa accettare il proprio ruolo educativo.

UNA TERMODINAMICA DELLA FANTASIA

La crescita è il risultato di un conflitto tra forze contrapposte: da una parte l'identità, cioè il mantenersi, il rimanere se stessi, dall'altra la libertà, cioè cambiare. Qualunque parola che si rivolga a entrambe le forze è una parola educante, che *tira fuori* la libertà dall'identità: tu sei questo e puoi diventare quest'altro. Per crescere abbiamo bisogno di sapere chi siamo e cosa desideriamo essere. Secondo Miguel Benasayag, nell'epoca delle passioni tristi l'educazione è entrata in crisi perché al desiderio di futuro si risponde solo con minacce[137]. La crescita dei figli si è trasformata in un addestramento, un kit di sopravvivenza per tempi oscuri. Non si impara l'inglese per avere un'enorme opportunità di conoscenza, ma perché è indispensabile nel mondo del lavoro. Non si può sprecare il tempo con interessi senza tornaconto: attività fisiche che non siano *fitness*, giochi che non insegnino qualcosa, conoscenze che non siano spendibili. Tutto diventa armatura, corazza artificiale imposta sulla vita, perché senza l'attrazione di un futuro possibile, non si riesce a *tirar fuori* nulla dagli individui.

Dire che una storia ha valore educativo, non significa trasformarla in incantesimo, scriverci in fondo la morale o illudersi che possa cambiare da sola la condotta della gente.

---

[137] «Temendo la potenza del desiderio, molti possono trovare una certa utilità nell'uso "ragionato" della minaccia. [...] professori e genitori possono essere tentati di utilizzare l'informazione sui pericoli incombenti del futuro come strumento educativo, per il bene dei giovani. Ora, dal punto di vista psicanalitico, ogni tentativo di educare qualcuno fondandosi sulla minaccia è destinato a fallire» (M. Benasayag e G. Schmit, *L'epoca delle passioni tristi*, Feltrinelli, Milano 2004).

Perché sia educativa, è sufficiente che la si racconti per una comunità, a partire da un'interpretazione e immaginando un futuro possibile. Sta prima di tutto in questo la dimensione *epica* di certi romanzi di trasformazione, e non a caso l'epica era lo strumento educativo dei tempi antichi. Qualcuno l'ha chiamata passione civile, ma prima ancora è passione verbale. Fiducia nel compito epico della parola e consapevolezza del suo ruolo tragico.

Epico, perché il linguaggio può mettere in crisi il mondo e immaginarne uno nuovo.

Tragico, perché le parole sono lente, e il mondo è molto veloce.

5. *Trasformazione psicologica: animare il testo.*

Ci sono due alunni che hanno scritto il loro racconto dal punto di vista del pallone, ma con tecniche molto diverse tra loro. Uno ha spostato la «telecamera» dal suo supporto originale, in una sorta di soggettiva disincarnata, l'altro ha cercato di tenere conto delle differenze tra un narratore umano e uno di plastica gonfiata. Le due soluzioni rispecchiano due diverse indagini sui personaggi di una storia: da un lato, ci si può chiedere cosa farebbe X nella situazione Y. In maniera simile, quando scappiamo inseguiti da un cane, ci arrampichiamo su un albero sapendo che il cane non è in grado di farlo. Con una conoscenza del genere, potremmo descrivere l'inseguimento *con gli occhi* del cane. Dall'altro, ci si può chiedere cosa proverebbe X nella situazione Y, l'operazione di empatia che chiamiamo «mettersi nei panni di qualcuno». Rispondendo a questa seconda domanda, potremmo raccontare l'inseguimento *come se* fossimo un cane.

Quando un narratore di talento costruisce un personaggio da zero, risponde a entrambe le domande con una sola mossa. Egli sa cosa farebbe X *perché* si è messo nei suoi panni, o meglio: perché quei panni è stato lui a cucirglieli addosso. Si potrebbe dire che ha inventato il personaggio proprio a partire da quelle due domande.

In un romanzo di trasformazione, invece, si deve spesso fare i conti con personaggi storici, reali. In questo caso, devo rispondere alle domande a partire dal personaggio. E le due risposte sono momenti distinti e non per forza collegati. Posso indovinare senza troppa fatica cosa farebbe Adolf Hitler in una certa situazione (e in molti casi, so già cosa fece), ma per farlo non ho bisogno di sapere cosa si prova a essere Adolf Hitler. La seconda risposta è un passaggio in piú, che potrei anche non azzardare. In un certo senso, Hitler si muove già da solo. Tuttavia, se voglio dar vita al testo che sto trasformando e non trattarlo solo come un'elaborazione culturale, allora devo tentare il passo in piú. Un'opera di immedesimazione che per certi versi è simile al lavoro dell'attore.

Facendo questo, rischio di scontrarmi con un'alterità insuperabile. Sappiamo già che i punti di vista prediletti per questo genere di racconto sono quelli poco rappresentati nella «storia» ufficiale. Questo significa che ci saranno anche pochi testi relativi a quel punto di vista. Dunque ricostruirlo sarà un'impresa complessa. Nella letteratura postcoloniale, questa difficoltà viene in qualche modo superata grazie al fatto che gli autori sono spesso eredi del punto di vista prescelto: una scrittrice italo-etiope può raccontare l'aggressione fascista all'Etiopia «dalla parte» del popolo aggredito. Ma come può uno scrittore italiano raccontare l'imperialismo americano in Messico dalla parte dei messicani? Come fa a essere credibile? E soprattutto: se scegliere un punto di vista *altro* fa parte di una strategia per capire se stessi, sarà un punto di vista *ricostruito in laboratorio* sufficientemente *altro* per raggiungere l'obiettivo?

Il filosofo Tom Nagel, in un famoso saggio[138], ha «dimostrato» che non potremo mai dire che cosa si prova a essere un pipistrello. E questo proprio perché non possiamo interrogarlo e basarci su una sua testimonianza. Studiando il cervello dei pipistrelli, possiamo arrivare a dire soltanto cosa proveremmo *noi* a essere pipistrelli. Ma c'è davvero qualcosa che ci sfugge, se sappiamo solo questo? A prima vista sembrerebbe di sí: non possiamo sapere cosa prova *un pipistrello* a essere un pipistrello. Ma io penso che il pipistrello non possa paragonare quella sensazione con nessun'altra, e che dunque nemmeno lui sappia di cosa si tratta[139]. Vale per i pipistrelli e

---

[138] T. Nagel, *Che cosa si prova a essere un pipistrello?*, in D. R. Hofstadter e D. C. Dennet, *L'io della mente*, Adelphi, Milano 1985. La versione originale dell'articolo si può consultare su http://members.aol.com/Neonoetics/Nagel__Bat.html

[139] L'idea che un pipistrello provi qualcosa di preciso nell'essere un pipistrello è legata alla teoria che Dennett chiama «Teatro Cartesiano», ovvero l'immagine della coscienza come un palcoscenico dove le sensazioni vengono «presentate» a un pubblico che chiamiamo Io. Nessuno prova qualcosa a essere quel che è, proprio perché lo è. Non c'è un omino dentro di noi che guar-

vale anche per noi umani. Marguerite Yourcenar, nel suo taccuino di appunti per *Memorie di Adriano*, scrisse:

> Tutto ci sfugge. Tutti. Anche noi stessi. La mia stessa esistenza, se dovessi raccontarla per iscritto, la ricostruirei dall'esterno, a fatica, come se fosse quella di un altro. [...] Qualunque cosa si faccia, si ricostruisce sempre il monumento a proprio modo, ma è già molto adoperare pietre autentiche. Ogni essere che ha vissuto l'avventura umana, sono io[140].

Identità e cultura non sono organi che si hanno, ma storie che si fanno. Non c'è un nocciolo irraggiungibile nel cuore di ogni uomo, tanto più duro ed esteso quanto più egli è lontano da me nel tempo, nello spazio e nei pensieri. Non c'è una purezza da imitare, ma un ibrido di parole da sovrapporre a un ibrido di carne.

Sempre la Yourcenar ha scritto che nel suo libro voleva soprattutto cancellare se stessa, ma quando un attore come Toni Servillo fa la parte di Giulio Andreotti nel film *Il divo*, io capisco certi aspetti della condotta di Andreotti proprio perché sullo schermo non c'è il senatore in persona, ma un altro che lo *interpreta* per me (e quindi mi fa capire cosa potrei provare *io* a essere Andreotti).

---

da le nostre sensazioni e dice: «Ecco, tutto questo è quel che si prova a essere me». Se un omino del genere ci fosse, si produrrebbe un effetto ricorsivo infinito e dovremmo chiederci: cosa fa sí che l'omino possa interpretare quella sensazione come la sensazione-di-essere-me? Facile, dentro l'omino c'è un omino... e cosí all'infinito (cfr. D. Dennett, *Coscienza. Che cosa è*, Rizzoli, Milano 1993, p. 496).

[140] M. Yourcenar, *Memorie di Adriano*, seguite dai *Taccuini di appunti*, Einaudi, Torino 1988.

Secondo Wittgenstein, se un leone parlasse non potremmo capirlo. Daniel Dennett gli ha risposto che un leone parlante non sarebbe un leone[141].

In un romanzo, il leone ha in bocca una macchina per la traduzione simultanea. L'animale parla, noi lo capiamo, ma resta una belva. E la voce che sentiamo è quella dell'autore.

6. *Trasformazione architettonica: costruire sul testo.*

Nel piú audace e strampalato tra i racconti degli alunni, un gruppo di studenti italiani riesce a bucare il pallone, nel disperato tentativo di trovarci dentro un significato. L'esplosione risulta talmente potente da far crollare le Torri gemelle, con il risultato che gli Stati Uniti dichiarano guerra all'Italia e quest'ultima si vede costretta a ritirarsi dalle qualificazioni ai Mondiali di Spagna (l'azione si svolge nell'anno di pubblicazione del racconto, il 1981). Segue un tentativo piuttosto allucinante di immaginare le conseguenze per il nostro paese della mancata vittoria nel *Mundial*.

Al di là del risultato, peraltro ricco di spunti, salutiamo in questo racconto l'ingresso trionfale dell'invenzione. Le trasformazioni viste fin qui aveva-

---

[141] Gli «esperimenti mentali» della filosofia sono un altro ambito dove i condizionali controfattuali sono di casa. In questo caso, si parla di un mondo possibile alternativo al nostro dove i leoni parlano la nostra lingua. Secondo Wittgenstein, in quel mondo gli uomini non capirebbero lo stesso i leoni, perché i loro concetti sarebbero troppo diversi dai nostri. Secondo Dennett, i leoni di quel mondo avrebbero un cervello talmente diverso da quelli del nostro, che non li si potrebbe nemmeno considerare leoni.

no tutte lo scopo di aggiustare il testo originario, di prepararlo per sorreggere una nuova architettura, che ora viene progettata e costruita.

Nella sua *Grammatica della fantasia*, Gianni Rodari ha chiamato «ipotesi fantastica» l'interrogativo controfattuale che permette di inventare storie. Gli inglesi lo chiamano *what if*.

Kafka l'ha utilizzato per scrivere il suo racconto piú famoso: «Cosa succederebbe se un uomo si svegliasse tramutato in un orribile insetto?» Se ci pensate, qualsiasi racconto può essere letto come risposta a una domanda del genere.

Tipica dei romanzi di trasformazione è invece una domanda piú specifica che in inglese suona *what else?*, «cos'altro?»[142]. In questo caso, non è l'ipotesi a delineare un contesto, ma è il contesto, con le sue mancanze frustranti e le sue affascinanti potenzialità, a innescare un'ipotesi.

È il pallone gonfiato che mi fa pensare a un pallone che scoppia. È l'ambientazione nell'isola di Manhattan che fa comparire nel racconto le Torri gemelle. È la data 1981 che me ne ricorda un'altra, il mitico '82 dei Mondiali di Spagna. Infine, è per

---

[142] Jenkins espande questo concetto (introdotto da S. Pugh, *The Democratic Genre: Fan Fiction in a Literary Context*, Seren Books, London 2006) e individua cinque elementi che servono a innescare il *what else?* 1. Noccioli: pezzi di informazione introdotti nella narrazione per suggerire un mondo piú vasto, ma non del tutto sviluppati nella storia stessa; 2. Buchi: elementi dell'intreccio che il lettore percepisce come mancanti, ma centrali rispetto alla sua comprensione della trama o dei personaggi; 3. Contraddizioni: due o piú elementi della storia che, piú o meno intenzionalmente, suggeriscono alternative possibili per la trama o i personaggi; 4. Silenzi: elementi esclusi in maniera sistematica dalla narrazione con conseguenze ideologiche; 5. Potenzialità: proiezioni, che si espandono oltre i confini della storia, a proposito di quel che sarebbe potuto succedere ai personaggi. Cfr. H. Jenkins, *How Fan Fiction* cit.

la pacifica mancanza di significato del pallone che si materializza il gruppo di studenti italiani armato di coltello e deciso a guardarci dentro.

L'ipotesi *what if* è la tessera di un puzzle che l'autore deve costruire, un pezzo dopo l'altro. L'ipotesi *what else* è una tessera mancante che l'autore deve sostituire, disegnandone una nuova. Ovviamente, il nuovo pezzo dovrà essere *compatibile* con l'intero puzzle.

Spesso, tra i fan che scrivono storie a partire dalle loro storie preferite, nascono lunghe discussioni sui criteri di questa compatibilità. Secondo alcuni, si possono accettare solo vicende che non portino *fuori* dal mondo di riferimento, rompendo la «tenuta» dei personaggi e dell'ambientazione. In quest'ottica, una relazione omosessuale tra il dottor Spock e il capitano Kirk non sarebbe compatibile con la *continuità* di *Star Trek*. Allo stesso modo, il pallone che scoppia non è compatibile con *The Balloon*, perché l'autore ha escluso esplicitamente quella possibilità. Altri pensano che questa restrizione sia esagerata e che l'unico vincolo sia: non contraddire il canone originale. Spock e Kirk potrebbero benissimo essere omosessuali e non averlo mai rivelato. Al contrario, Spock potrebbe essere il capitano dell'*Enterprise* al posto di Kirk soltanto in un racconto collaterale e autoconclusivo, che inizi e finisca con Kirk nel suo ruolo legittimo. Altri ancora, e sono forse la maggioranza, ritengono che l'importante sia indicare in modo preciso che genere di storia si vuol raccontare: personaggi stravolti o coerenti, prequel o sequel, universo alternativo o canonico.

Nel nostro caso il canone di partenza è la realtà stessa intesa come racconto. Si potrebbe allora pensare che la compatibilità, se si vuole essere canonici, debba consistere nel realismo. In *American Tabloid*, James Ellroy ha sposato una posizione simile:

> La nostra narrazione ininterrotta è confusa al di là di ogni verità o giudizio retrospettivo. Soltanto una verosimiglianza senza scrupoli è in grado di rimettere tutto in prospettiva.

A ben guardare, non è detto che il vincolo debba essere cosí rigido. Si può essere inverosimili e non per questo rompere l'universo narrativo della realtà. Non è affatto *verosimile* che Hitler, a sette anni, abbia visto apparire in un bosco il lupo Fenrir, come racconta Giuseppe Genna nel suo romanzo sul Führer. Non è nemmeno verosimile che Cary Grant abbia incontrato Josip Broz «Tito» nel modo che abbiamo immaginato in *54*. Eppure il racconto tiene, perché è piú importante la coerenza *del* mondo narrato che quella *col* mondo reale.

Proprio questo aspetto preoccupa chi non vorrebbe confondere fatti e finzioni, perché la miscela che ne risulta non dice con chiarezza quale programma di verità seguire. Devo crederci come ad Auschwitz o come a Madame Bovary? La risposta è che fino all'ultima pagina del libro una storia ha bisogno di fiducia, oltre la copertina ha bisogno di ricerca. Ma la ricerca, il dubbio, la verifica dovrebbero essere un elemento indispensabile di ciò che intendiamo con *credere* nel mondo reale.

Nel romanzo di Flaubert non c'è nulla a segnalarmi che quanto sto leggendo è inventato. E finché non chiudo il libro, la cosa non mi interessa. Poi, oltre la parola fine, tutto mi dice che quella storia non è mai accaduta: me lo dicono altri testi, altre persone, altre fonti che ritengo attendibili. Cioè le stesse ragioni che, al contrario, mi fanno credere alla realtà di Auschwitz[143].

Nella trasformazione narrativa, storia e cronaca sono solo gli ingredienti principali, non il modello. Il risultato *contiene* la realtà – come una scultura di pane contiene acqua e farina – ma non la *rappresenta* come una statua di Mosè rappresenta Mosè.

Se per indagare i fatti usiamo la narrativa, e non la storia o le scienze umane, è perché vogliamo permetterci di essere visionari, di dimostrare per assurdo e per metafora, di concatenare gli eventi con simboli e analogie, di immaginare, quando ci mancano, quel che succederebbe se avessimo le prove.

Anche se un libro tocca la realtà, la cosa piú preziosa che posso trovare, tra le sue pagine, non è la verità dei fatti, ma il senso del loro intreccio.

---

[143] La nostra cultura è un sistema complesso, olistico, dove ogni elemento si appoggia ed è connesso con tutti gli altri. In questo senso, che Auschwitz fu una tragedia reale ce lo dice tutta la nostra cultura, e lo stesso vale per l'esistenza fittizia di Madame Bovary.

Willard Quine ha proposto un'immagine del linguaggio e delle sue teorie come campo di forze: «Tutte le nostre cosiddette conoscenze o convinzioni, dalle piú fortuite questioni di geografia e di storia alle leggi piú profonde della fisica atomica o finanche della matematica pura e della logica, tutto è un edificio fatto dall'uomo, che tocca l'esperienza solo lungo i suoi margini. O, per mutare immagine, la scienza nella sua globalità è come un campo di forza i cui punti limite sono l'esperienza. Un disaccordo con l'esperienza alla periferia, provoca un riordinamento all'interno del campo; si devono riassegnare certi valori di verità ad alcune nostre proposizioni» (W. Quine, *Due dogmi dell'empirismo*, in *Il problema del significato*, Ubaldini, Roma 1966).

7. Trasformazione linguistica: far parlare il testo.

Negli anni Settanta, lo studioso americano Hayden White ha sostenuto che la storiografia è un prodotto letterario[144]. Nel comporre i loro discorsi, romanzieri, storici e giornalisti usano le stesse strategie, basate sulla metafora, la metonimia, la sineddoche e l'ironia. È solo la ricchezza del linguaggio che ci fa preferire una determinata ricostruzione dei fatti. Il metodo storico è una tecnica narrativa, mentre gli appelli alla logica, alla causalità e alle prove sono tutti artifici retorici.

In maniera piú prudente, Paul Ricœur ha voluto sottolineare quanto la lingua possa essere uno strumento di conoscenza:

> La funzione di trasfigurare la realtà che riconosciamo alla finzione poetica, implica che noi critichiamo la nostra idea convenzionale di verità, e cioè che cessiamo di limitarla alla coerenza logica e alla verificazione empirica, cosí da tener conto della pretesa di verità legata all'azione trasfigurante della *fiction*[145].

La retorica non sostituisce il metodo scientifico, ma ha il diritto di affiancarlo. È un modo per comprendere la realtà, specie dove le altre imprese falliscono o sono costrette a tacere. Spesso riusciamo a

---

[144] Hayden White si inserisce nella corrente storiografica del cosiddetto «narrativismo», sviluppatasi negli anni Sessanta del secolo scorso, a partire dai lavori di Arthur Danto, William Gallie e Northrop Frye. I suoi principali lavori tradotti in italiano sono *Retorica e storia*, Guida, Napoli 1973, e *Forme di storia: dalla realtà alla narrazione*, Carocci, Roma 2006.

[145] P. Ricœur, *La Métaphore vive*, Seuil, Paris 1975 [trad. it. *La metafora viva*, Jaca Book, Milano 1981, ma qui la traduzione è mia].

capire un concetto, o un evento, solo se troviamo le parole giuste per descriverlo. Una similitudine può farci comprendere il legame tra due fatti molto piú di una spiegazione causale. I nostri stessi pensieri si chiariscono nel monologo interiore e non abbiamo davvero un'idea finché non riusciamo a dirla.

Anche nei racconti dei «miei» alunni c'è traccia di questo *metodo linguistico*. Per esempio, nella versione scritta «dalla parte» della ragazza che torna dalla Norvegia, il suo astio nei confronti del narratore si condensa nel definirlo un «pallone gonfiato». Quest'intuizione psicologica non sarebbe scattata se in italiano non esistesse quell'espressione idiomatica e metaforica. In una lingua dove quell'immagine non è consueta, sarebbe meno immediato «scoprire» il carattere presuntuoso di un individuo che, senza motivo, gonfia un pallone grande quanto una città. Anche la scena degli studenti italiani che fanno scoppiare il pallone, dopo averlo pugnalato per cercarci dentro un significato, è figlia delle parole e delle metafore scritte nel cervello. Non sarebbe possibile se non considerassimo il significato come qualcosa che si trova *dentro* un testo, in contrapposizione alla sua superficie. Forse la scena non sarebbe nata se non avessimo in testa l'idea dello scoppiare come giusta punizione per qualcosa di futile e vanaglorioso, pieno soltanto d'aria (vedi la favola della rana che voleva diventare grande quanto il bue). Insomma è grazie alla lingua, al nostro modo di parlare che gli studenti sono riusciti a giocare con il racconto di Barthelme, a capirlo piú a fondo e a dare corpo alle loro intuizioni. Questo anche grazie al fatto che la lingua del testo era

UNA TERMODINAMICA DELLA FANTASIA

già ricca di per sé, carica di potenzialità e di ganci per convogli di metafore. Nel nostro caso, invece, si verifica spesso il contrario. Il materiale di partenza – la cronaca, l'attualità, la storia – è scritto per lo piú in una lingua povera, spesso impoverita proprio in nome della verità (perché la metafora è ritenuta menzogna, informazione vaga, spreco e *tertium datum* che spezza le catene della logica)[146]. Occorre allora usare la lingua come strumento estetico ed epistemologico. Perché solo dicendo *meglio* possiamo capire *di piú*.

Pier Paolo Pasolini, riferendosi ai misteri d'Italia, scriveva: «Io so, perché sono uno scrittore»[147]. Ci sono segreti che si possono dire solo trovando le parole giuste e una storia per raccontarli.

---

[146] «Intorno ad A e non-A, nella lingua viva, è dato in effetti un terzo, un quarto, una molteplicità paradigmatica, che però è di regola delimitabile. In questa molteplicità di elementi, c'è anche una molteplicità di forme di contraddizione, dipendenti dal grado di parentela semantica degli elementi linguistici che si associano al tipo di predicazione».

«Chi fa metafore apparentemente mente, parla in modo oscuro e soprattutto parla d'altro, fornendo un'informazione vaga».

Traggo entrambe le citazioni – la prima da Harald Weinrich, la seconda da Umberto Eco – dal paragrafo *Metafora e bugia*, in A. Tagliapietra, *Filosofia della bugia* cit., p. 62.

[147] L'articolo di Pasolini è molto famoso, ma forse proprio per questo vale la pena citarne un po' piú di una riga, la solita, il «simulacro» dell'editoriale stesso:

«Io so i nomi delle persone serie e importanti che stanno dietro ai tragici ragazzi che hanno scelto le suicide atrocità fasciste e ai malfattori comuni, siciliani o no, che si sono messi a disposizione, come killer e sicari.

«Io so tutti questi nomi e so tutti i fatti (attentati alle istituzioni e stragi) di cui si sono resi colpevoli.

«Io so. Ma non ho le prove. Non ho nemmeno indizi.

«Io so perché sono un intellettuale, uno scrittore, che cerca di seguire tutto ciò che succede, di conoscere tutto ciò che se ne scrive, *di immaginare tutto ciò che non si sa* o che si tace; che coordina fatti anche lontani, che mette insieme i pezzi disorganizzati e frammentari di un intero coerente quadro politico, che ristabilisce la logica là dove sembrano regnare l'arbitrarietà, la follia e il mistero» (P. P. Pasolini, *Cos'è questo golpe? Io so*, in «Corriere della Sera», 14 novembre 1974, corsivo mio).

Non si tratta di sensibilità particolare, ma della dimestichezza a usare un attrezzo del mestiere. Lo scrittore non è l'albatro di Baudelaire, capace di grandi voli nel cielo, ma goffo, con le sue ali, sul ponte della nave.

Lo scrittore è un marinaio che ha imparato a volare con le parole.

8. *Trasformazione sociale: condividere il testo.*

Quando un fan di *Harry Potter* scrive un racconto ambientato nella scuola di Magia e Stregoneria di Hogwarts, si aspetta che altri appassionati lo leggano, lo commentino, ne discutano con lui. Quando una narrazione X fa riferimento esplicito a un'altra narrazione Y, evoca subito una comunità: quella delle persone che conoscono Y e che possono interagire attraverso Y. Lo scambio che si viene a creare è molto orizzontale, perché nonostante ci sia un autore (del racconto trasformato) e dei lettori, tutti quanti sono lettori di Y, in questo caso *Harry Potter*, testata d'angolo e pietra di paragone di qualunque versione alternativa.

Allo stesso modo, quando abbiamo discusso a scuola i racconti degli studenti, in realtà stavamo sempre interpretando, con lo strumento della critica creativa, la *short story* di Donald Barthelme *The Balloon*. Ogni autore era a sua volta un lettore di quel testo e si rivolgeva ad altri lettori come lui.

Qualcosa di simile accade con i romanzi di trasformazione, quando il canone di partenza è quel racconto piú o meno condiviso, piú o meno universale, che chiamiamo realtà. In questo caso l'autore non ha l'autorità esclusiva sul mondo e sui personaggi che ha creato, perché esistono pezzi di quel mondo che non dipendono soltanto dalla sua creatività e che sono accessibili ai lettori anche al di fuori delle pagine del romanzo. In termini di software, potremmo dire che una parte del codice sorgente di quella storia è aperto e non protetto. Chiunque può mettere le mani sul «testo originale» e, in base a questa conoscenza, muovere critiche competenti alle trasformazioni operate dall'autore[148]. L'intelligenza collettiva, che ha permesso all'autore non accademico di rintracciare i suoi materiali, può fare altrettanto per un lettore.

La differenza fondamentale sta nel fatto che una *fan fiction* presuppone la conoscenza del canone. Se non si conosce *Star Trek*, non ha senso leggere la storia della relazione omosessuale tra Spock e il capitano Kirk. Un romanzo di trasformazione cerca di non alzare una barriera del genere, anche se una conoscenza dei fatti quantomeno «simulata» o per sentito dire, può essere indispensabile per apprezzare il lavoro dell'autore. Spesso si cerca di integrare le

---

[148] Dovrebbe essere ormai ovvio che per «critiche» intendo sempre anche «critiche creative», cioè ulteriori testi di *fiction*, esplorazioni dell'universo narrativo illuminato dal romanzo. Si può dire che l'autore, in questo contesto, è un fan tra i fan, che propone alla comunità la sua *fiction* a partire dal canone «Realtà» (che poi, come si è visto, è piú spesso Iperrealtà, almeno nella sua forma iniziale: simulacro di cronaca e di storia). Questa prospettiva chiarisce ancora meglio una caratteristica implicita dei *romanzi di trasformazione* della Realtà: essi sono «lavori in corso». In primo luogo, perché «ogni storia scritta dai fan è un *work in progress*. Quando la storia viene finalmente conclusa e pubblicata, il «lavoro in corso» dell'autore diventa «lavoro in corso» nelle mani dei lettori» (H. Jenkins, *How Fan Fiction* cit.). In secondo luogo, perché lo stesso canone, il racconto della realtà, è un lavoro in corso, che cambia di continuo (come del resto le serie Tv che fanno da sorgente a molte *fan fiction*).

informazioni piú generali e di contesto all'interno della narrazione, ma si tratta appunto di puntelli interni, che partecipano della mescolanza tra realtà e finzione. Credo che sia inevitabile, allora, porsi la questione di come *annotare* il testo. Molti fan scrivono già le loro storie corredate di note, per spiegare alcuni riferimenti, magari non propriamente canonici (per esempio, a storie scritte da altri fan e che qualcuno potrebbe non conoscere).

Gli storici dell'antichità – come Erodoto, Tucidide o Pausania – non sentivano il bisogno di citare le fonti per dare autorità e credibilità alle loro affermazioni. Oggi uno storico che facesse altrettanto ci sembrerebbe reticente, approssimativo e inaffidabile. Paul Veyne ritiene che il cambiamento sia avvenuto con la nascita dell'università, quando lo studioso cominciò a rivolgersi ad altri studiosi e a dover sostenere le sue tesi in controversie accademiche. Allora si cominciò ad annotare i testi storici, mutuando l'abitudine dalla pratica giuridica, dove si era soliti citare leggi, sentenze e sacre scritture. Prima di allora, gli storici non avevano lettori interessati a mettere in discussione i loro racconti.

> Gli storici moderni propongono un'interpretazione dei fatti e forniscono al lettore i mezzi per controllare l'informazione e per formulare un'altra interpretazione; gli storici antichi controllano essi stessi e non lasciano questa noia al loro lettore[149].

Viene da chiedersi se un simile cambiamento di ruolo e di pubblico non sia in corso anche nella let-

---

[149] P. Veyne, *I Greci hanno creduto ai loro miti?* cit.

teratura. «La gente a casa» sta diventando sempre piú *mediattiva*: vuole interagire con i prodotti culturali e partecipare alla costruzione sociale del loro significato. Se nessuno le fornisce i mezzi, cerca comunque di procurarseli. Ma un conto è entrare da bracconieri nelle riserve degli autori, un altro essere invitati alla battuta di caccia[150].

Ancora nel 1560, gli amici di Estienne Pasquier, lo rimproveravano di aver inserito note a piè di pagina nelle sue ricerche sulla storia di Francia. Era considerata un'abitudine rozza, da «libro di scuola», un mezzuccio per forzare il giudizio sulla verità di uno scritto, quando invece quel giudizio doveva spettare soltanto al tempo.

Considerazioni simili vengono espresse oggi dagli avversari di una «letteratura annotata», sia essa sotto forma di pagine web collegate a un romanzo oppure, peggio ancora, di pagine di carta all'interno del libro stesso. Una buona storia, si dice, non dovrebbe averne bisogno.

Ancora troppo pochi capiscono quanto potrebbero averne bisogno i lettori[151].

---

[150] È chiaro che qui non faccio riferimento solo alle note d'autore, ma a una piú generale collaborazione tra autore e lettori che non può prescindere – fosse anche solo su un piano simbolico – dall'applicare formule copyleft o Creative Commons alle opere narrative. Si veda, ad esempio, la clausola sul diritto d'autore di questo stesso volume.

[151] Il bisogno di cui parlo non è soltanto riferito alla lettura, alla comprensione del romanzo e delle sue sfaccettature. Sono convinto che la critica creativa a un romanzo di trasformazione sia una palestra giocosa di critica, appropriazione di testi, riscrittura, invenzione di mondo, ricerca: tutte abilità che possono tornare molto utili anche in contesti «piú seri» di partecipazione politica e mediattivismo.

3. La salvezza di Euridice

Il mito e la tradizione raccontano che molti aedi, come Omero e Demodoco, erano ciechi. Per i Greci la vista era lo strumento piú affidabile per conoscere il mondo. *Oida*, il perfetto del verbo *orao*, significa tanto «so» che «ho visto», e dalla stessa radice derivano le parole per «idea» (*eidea*), «immagine» (*eidolon*), «sapere» (*eidema*) e «scienza» (*eidesis*).

Il poeta dunque non aveva bisogno di conoscere come gli altri uomini, e nemmeno di distrarsi a guardare, perché solo cosí poteva farsi possedere dalle Muse e accedere a un sapere divino.

Questa simbologia della cecità non tiene conto di un particolare: l'udito. I Greci infatti svalutavano il genere di conoscenza che può visitarci attraverso le orecchie. La voce altrui era un veicolo di opinioni soggettive (*doxai*), in opposizione esplicita con la verità universale. Ancora oggi diciamo «voci» per intendere «notizie non verificate, pettegolezzi».

In realtà è proprio ascoltando il maestro che il giovane aedo imparava le storie di dèi ed eroi. Ed è «ascoltando» il racconto dei fatti – cronache, storie e attualità – che possiamo tentare, a occhi chiusi, le trasformazioni narrative descritte fin qui[152]. Questa *cecità poetica* è l'unico distacco che ci sentiamo di porre, tra noi e le storie. Una distanza che riguarda giusto la *performance*: come un calciatore, coinvolto fino al midollo da una finale mondiale, cerca di tirare il suo rigore senza badare agli spalti gremiti.

Fu proprio la vista, invece, a rovinare l'esistenza di Orfeo, il mitico cantore figlio di Calliope, la Musa della poesia epica, e secondo alcune leggende antenato dello stesso Omero.

Il mito è molto noto e la versione piú classica è quella raccontata da Virgilio nelle *Georgiche*. Orfeo è innamorato di Euridice, una ninfa degli alberi, il cui nome significa «grande giustizia». Un giorno Aristeo, figlio di Apollo e Cirene, la insegue lungo un fiume per violentarla. Euridice riesce a fuggire, ma viene morsa da un serpente e muore. Allora Orfeo decide di scendere agli Inferi per riportarla nel mondo dei vivi. Con la sua poesia incanta Cerbero e Caronte, che lo lasciano passare. Persino i dannati interrompono stupiti i loro eterni supplizi: la pietra di Sisifo rimane in equilibrio sulla montagna, le Danaidi smettono di riempire la loro botte forata, e infine Persefone convince Ade, il dio dei morti, a lasciar partire Orfeo insieme a Euridice. Il Signore degli In-

---

[152] Recenti studi antropologici e di pedagogia hanno messo in relazione i cinque sensi con altrettanti sensi interni e facoltà dell'intelletto. L'udito sarebbe collegato con la memoria e l'intelletto scientifico, la vista con l'immaginazione e l'intelletto contemplativo. Ulteriori ricerche stanno cercando di dimostrare che tale corrispondenza esiste anche a livello neurofisiologico. Cfr. R. Alvira, *Reivindicación de la voluntad*, Eunsa, Pamplona 1988, e G. Fioravanti, *Pedagogia dello studio*, Japadre, L'Aquila-Roma 2003.

feri accetta, ma a una condizione: che Orfeo non si volti mai indietro a guardare l'amata, finché entrambi non saranno usciti dal regno dell'ombra. I due allora si mettono in cammino, risalgono la scarpata infernale, e proprio quando sente ormai la luce carezzargli le guance, Orfeo si volta ed Euridice muore di nuovo, e per sempre.

Davvero gli dèi non amano chi si guarda alle spalle. La fede non ammette incertezze. La moglie di Lot fu tramutata da Yahweh in una statua di sale, per essersi voltata a guardare Sodoma, distrutta da una pioggia di fuoco. Non è un caso che fosse proprio una donna a lanciare l'ultimo sguardo a una comunità morente.

Il gesto di Orfeo è stato interpretato in molti modi. Secondo Virgilio si trattò di una «improvvisa pazzia». Orfeo è «immemore» e «vinto nell'animo». Cesare Pavese e Gesualdo Bufalino hanno esplorato entrambi la possibilità di un eroe consapevole, che si volta *apposta*[153]. Per lo scrittore piemontese è ridicolo pensare che Orfeo abbia agito per errore, per capriccio o per amore. «Non si ama chi è morto», ed Euridice si sarebbe portata dietro per sempre, nel sangue e nella carne, il sapore della morte e del nulla. In realtà Orfeo è sceso agli Inferi per cercare se

---

[153] C. Pavese, *L'inconsolabile*, in *Dialoghi con Leucò*, Einaudi, Torino 1946; G. Bufalino, *Il ritorno di Euridice*, in *L'uomo invaso*, Bompiani, Milano 1986 (da notare che il racconto di Bufalino è un esempio di trasformazione visuale e psicologica, essendo scritto dalla parte di Euridice). Per una panoramica delle diverse interpretazioni che il mito di Orfeo ed Euridice ha avuto nella letteratura e nell'arte, si veda M. G. Ciani e A. Rodighiero (a cura di), *Orfeo, variazioni sul mito*, Marsilio, Venezia 2004.

stesso («Non si cerca che questo»). Certo è difficile pensare a una distrazione o a un'ansia insopprimibile, specie a un passo dalla speranza. Ma è altrettanto difficile pensare che il perfido Ade abbia imposto a Orfeo un compito tanto semplice. Se l'ha fatto, è perché sapeva che gli sarebbe stato impossibile obbedire. Non è scemo Orfeo, ma non è scemo neanche Ade.

Perché allora Orfeo non può far altro che voltarsi? Come fa Ade a essere certo che lo farà?

Un cantore, un narratore, è per definizione colui che non dà le spalle, specie sul limite tra ombra e luce, tra inferno e speranza, tra passato e futuro. Non volta le spalle a chi lo accompagna. Se il gesto di Orfeo fosse volontario, potrebbe dimostrare il bisogno di isolarsi, di fuggire la società. Come gesto inconscio, inevitabile, significa invece l'esatto contrario, cioè che chi racconta non può far finta che gli altri non esistano. Quando avverte la luce, quando intuisce la speranza, il cantastorie ha bisogno di condividerla, di sentire ciò che sente l'altro, di immedesimarsi, per non raccontare soltanto i suoi sogni.

Non volta le spalle a ciò che dovrà raccontare, si rifiuta di praticare il disinteresse, il controllo, perché non è questo il suo modo di capire, di sentire il mondo. L'opera non può farsi senza la sua partecipazione emotiva.

Infine, non volta le spalle al dubbio. Ade gli chiede di avere fede, di credergli sulla parola. Ma Orfeo, il cantore divino, non può lasciarsi andare alla fede, perché chi racconta ha bisogno di incertezze, di incoerenze, di potenzialità creative. Non si volta per essere *certo* che Euridice lo segua: per questo gli basterebbero le orecchie, i rumori dei passi, il respiro. Si volta per manifestare la sua volontà di non credere, di tenersi le proprie domande, di non farsi imporre le risposte.

Orfeo non ha sbagliato: è la richiesta di Ade che è assurda, inconciliabile con la sua natura. La mia frustrazione non è per l'errore di Orfeo, ma per l'ingiustizia dell'Inferno. Mi chiedo allora come potrei riscrivere il mito, per salvare Euridice in maniera credibile, senza interventi magici di cavalli alati.

Cos'altro potrebbe succedere, per evitare il finale? *What else*, cos'altro potrebbe fare o avere l'eroe, che gli autori del mito si siano dimenticati di considerare?

Mi viene in mente che Orfeo potrebbe essere cieco. In fondo è l'aedo per eccellenza, colui che gli Argonauti preferirono ascoltare, invece di schiantarsi sugli scogli delle Sirene[154]. Non è un cambiamento estremo e in fondo ha le sue buone ragioni. Anche se cieco, credo che Orfeo si volterebbe lo stesso verso

---

[154] Soltanto due equipaggi resistettero indenni al canto ammaliatore delle Sirene: quello di Ulisse, sulla rotta di Itaca, e quello della nave Argo, di ritorno dalla Colchide. Gli stratagemmi utilizzati furono tre: nel primo caso, tapparsi le orecchie con la cera o legarsi all'albero maestro della nave, ovvero «inceppare» la malia del canto. Nel secondo, rispondere alla melodia con una melodia differente e ancor piú soave. Orfeo sfodera il suo repertorio: mille canti alternativi per non subire quelli delle Sirene. Il primo è dunque un equipaggio di sordi, con l'eccezione di Ulisse, che ha però incatenato il corpo e il desiderio. Gli Argonauti sono invece una ciurma di uomini liberi, con le orecchie aperte, ma perdono un compagno: Bute, l'apicoltore di Atene, che si getta in mare e viene salvato da Afrodite. La strategia di Orfeo è rischiosa, se uno solo ha il compito di suonare e cantare, mentre tutti gli altri lo ascoltano in silenzio.

LA SALVEZZA DI EURIDICE

Euridice. Per darle una mano, per aiutarla nell'ultimo passo, il piú importante, tra la morte e la vita, tra la realtà dell'Ade, solida come roccia, e quel raggio di luce che invita a sognare, a immaginare il resto.

Penso si volterebbe, e cosí facendo, proprio su quel limite, spalancherebbe una contraddizione. Una pausa sufficiente a non far morire Euridice.

Ade arriverebbe di corsa, per rinfacciargli di essersi voltato.

Orfeo risponderebbe di non aver guardato Euridice. E con le parole, sappiamo già chi avrebbe la meglio.

Un Orfeo cieco, con le orecchie bene aperte e incapace di non voltarsi indietro, potrebbe uscire dagli Inferi tenendo per mano l'amore della sua vita.

Indice

p. VII Premessa

New Italian Epic

3   New Italian Epic 3.0
    Memorandum 1993-2008
    di Wu Ming 1

5   1. New Italian Epic
10   0. La nebulosa
14   1. In che senso «epico»?
15   2. La tradizione
18   3. Accade in Italia
20   4. Accade in letteratura
22   5. Alcune caratteristiche del New Italian Epic
22   5.1. Don't keep it cool-and-dry
26   5.2. «Sguardo obliquo». Azzardo del punto di vista
32   5.3. Complessità narrativa, attitudine *popular*
34   5.4. Storie alternative, ucronie potenziali
37   5.5. Sovversione «nascosta» di linguaggio e stile
41   5.6. Oggetti narrativi non-identificati
44   5.7. Comunità e transmedialità
48   6. A, B e C
55   7. Presto o tardi
63 2. Sentimiento nuevo
63   0. Postmodernismi da quattro soldi
68   1. Epica e «realismo»
72   2. Magnitudo + perturbanza = epica

p. 74	3. La morte del Vecchio
76	4. Straniamento
77	5. La forma-passeggiata
79	6. 1993
81	7. Fusione di etica e stile nello «sguardo obliquo»
83	8. Epica eccentrica, l'eroe si assenta (o ritarda)
84	9. Sulla lingua del New Italian Epic
90	10. Cenni di genealogia dell'UNO italiano
94	11. Il popolare
97	12. Allegoria, mitologema, allegoritmo
101	Noi dobbiamo essere i genitori *di Wu Ming 1*
118	0. Qualcosa di nuovo sotto il sole
127	La salvezza di Euridice *di Wu Ming 2*
129	Introduzione
131	1. Il «mondo nuovo» delle storie
133	0. La novità
136	1. L'idiozia collettiva
146	2. La scomparsa dei fatti
151	3. L'affabulazione obbligatoria
154	4. L'inflazione dell'immaginario
164	2. Una Termodinamica della Fantasia
168	0. Romanzi di trasformazione
169	1. Trasformazione espansiva: integrare il testo
172	2. Trasformazione ermeneutica: interpretare il testo
174	3. Trasformazione visuale: orientare il testo
177	4. Trasformazione prossemica: abbracciare il testo
182	5. Trasformazione psicologica: animare il testo
186	6. Trasformazione architettonica: costruire sul testo
191	7. Trasformazione linguistica: far parlare il testo
194	8. Trasformazione sociale: condividere il testo
198	3. La salvezza di Euridice

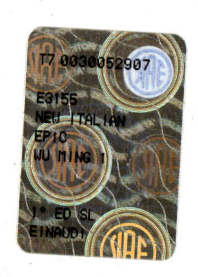

Stampato per conto della Casa editrice Einaudi
Presso Mondadori Printing S.p.a., Stabilimento N.S.M., Cles (Trento)
nel mese di gennaio 2009

C.L. 19678

Edizione   Anno

1   2   3   4   5   6   2009   2010   2011   2012